こじらせ相愛トラップ

間之あまの

幻冬舎ルチル文庫

CONTENTS

✦目次✦

こじらせ相愛トラップ

✦カバーデザイン＝久保宏夏（omochi design）
✦ブックデザイン＝まるか工房

イラスト・花小蒔朔衣✦

こじらせ相愛トラップ

きゅっと眉を寄せて、五歳のミーシャは顔をうつむけた。

（やだな、またみられてる……）

ふんわりカールしたきらめく淡い色の髪、長いまつげに縁《ふち》どられた宝石のように美しいヘイゼルグリーンの大きな瞳。鼻は小さく形よく、唇は甘い果実のように赤く愛らしい。抜けるように白い肌の頬は薔薇色《ばらいろ》で、子どもながらにすらりと手足の長い抜群のスタイルをしている。

ミーシャを見た大人たちは「まさに天使」「生けるビスクドール」などとうっとりして褒めてくれるけれど、全然うれしくない。

ミーシャは天使でも人形でもなく、普通に人間だ。

ちなみに本名は香坂美春《こうさかみはる》。日本生まれの日本育ち、日本語しか話せない。

（おばあちゃんのことはだいすきだけど、ぼく、ふつうがよかった……）

ミーシャはいわゆるクォーターだ。外見に影響を与え、名前をつけてくれた祖母がロシア出身のスラブ系美女なのである。

男の子には珍しい「美春」という名前も、祖母がつけてくれた。

寒い国出身の祖母は春をこよなく愛していて、「美しい春」でミハルという名前があるのを知って感動し、母国の男性名にある「ミハイル」と音が似ていることもあって「これしかない！」と思ったのだという。

綺麗《きれい》な意味と音の名前の愛称は、ミハイルと同じくミーシャになった。

家族がミーシャと呼ぶから、周りもみんなミーシャと呼ぶ。それはべつに嫌じゃない。

嫌なのは、本名には「オンナみたい」、愛称には「ガイジン」と意地悪を言う幼稚園のいじめっこたちだ。周りと違う色合いの髪や目、肌をからかわれたり、わざと「ニホンゴわかる～？」などと外国人扱いされたりする。

いじめっこからは先生が守ってくれるけれど、子どもは「特別扱い」や「えこひいき」に敏感だ。先生とばかりいることでミーシャはクラスで孤立してしまった。

幼稚園の先生は「ミーシャくんが可愛《かわい》すぎるから意地悪しちゃうんだよ」なんて、よくわからないことを言っていじめっこたちをかばうけれど、やられている側からしてみたら理由なんて関係ない。ひたすら嫌だし、傷つけられている。

幼稚園に通い始めて間もなく、ミーシャは人に見られるのが苦手になり、うつむいてばかりいるようになった。

もともと内気でおとなしいミーシャがさらに内向的になったのを両親は心配して「無理して通わなくてていいんだよ」「やめてもいいよ」と言ってくれるけれど、幼稚園を休んだり、やめたりしたら、また「みんなと違う」部分が増えてしまう。それも怖くて、ミーシャはいつも「だいじょうぶ」と返してこっそり嫌なことを我慢する。

（どうしたらみんなと同じになれるんだろ……）

美しく、愛らしく生まれたにもかかわらず、ミーシャにとって目立ちすぎる外見は「呪《のろ》い」のようなものだ。

目立ちたくない。見られたくない。みんなと同じがいい。

心の底からそう思っているのに、いまも近くを通り過ぎる人たちの視線を感じる。

「うわ、見て見て。キラキラしてる～！」

「かっわいい！　よくできた人形だね～。写真撮ってもいいのかな」

にぎやかな女性たちのグループが近づいてくる気配に顔をそむけると、「わっ、動いたよ」と彼女たちが盛り上がった。

「え～、人間？　綺麗すぎ……！」

「もしかして迷子かな。声かける？」

「英語ムリ～」

日本語がわからないと思っているからか、彼女たちは声をひそめることなくミーシャを見て騒ぐ。

このあとどうなるか、ミーシャはもう知っている。さっきから何度も同じようなことがあったから。

珍しい商品のようにミーシャを眺めて盛り上がったあとは、「自分たちじゃなくても誰かがなんとかするだろう」と去っていくのだ。知らない人たちに話しかけられるのも怖いから、それはそれでいいのだけれど。

どうせなら最初から気づかないでいてほしいのに……とため息をつくミーシャが現在いるのは、ショッピングモール内のベンチだ。

両親は近くにいないけれど、迷子じゃない。迷子になったのは妹の有彩《アリサ》だ。

三歳のアリサはミーシャと違って好奇心旺盛《おうせい》で活発、興味を引かれたものがあるとロケットのように一目散にダッシュしてしまう。今日もそれが原因で迷子になった。

即座に母親が追いかけたのだけれど、すばしっこく、「天使の顔をしたニンジャ」という異名《いみょう》を祖母に授《さず》けられているアリサは強敵だったらしい。

数分後、ミーシャと一緒に待っていた父親が驚愕《きょうがく》の声をあげた。

「アリサ！」

見上げている父親の視線の先――セーフガード用のアクリル板ごしに見える上階には、ミーシャにそっくりな髪の色をした小さな女の子の後ろ姿がある。

きょと、きょと、と父親の声に反応して周りを見回したアリサだけれど、階下までは見なかった。声の主を探してまた移動を始める。

「ちょ……っ、アリサ、そこにいて！　動いちゃダメ！」

とっさに駆け出そうとした父親が振り返り、ベンチに座っているミーシャの肩に手を置いて頼みこむ。

「ミーシャはここで待っててね？　アリサを捕まえたらすぐ戻ってくるから！　絶対ここから動いちゃダメだよ？」

こくんと頷《うなず》くと、「何かあったらお店の人にお話しするんだよ！」と言い残して走って行った。

子どもにとっては遊園地のように広く、人や物であふれているショッピングモールで突然のひとりぼっち。心細さと不安でいっぱいになるけれど、「すぐ戻ってくる」と言われたからちょっとだけ我慢だ。

（だいじょうぶ。ぼく、おにいちゃんだもん）

自分に言い聞かせて、ミーシャは目の前に並ぶお店を眺めて気を紛《まぎ》らわせる。何を扱っているのか子どもの目にはよくわからないお店でも、カラフルでキラキラしたディスプレイは見ているだけで楽しかった。……最初のうちは。

「すぐ」と言ったのに、父親はなかなか戻ってこなかった。だんだん不安と寂しさが大きくなる。

ふと気づいたら、近くを通り過ぎる大人たちに好奇の目を向けられていた。自分の外見が家の外では目立ってしまうのを思い出したのと同時に、これまではただの雑音だった周りの声が耳に入ってくるようになる。

「人形みたいに可愛い」「髪の毛染めてるのかな」などという外見への称賛と疑問が九割、

子どもがひとりでいることへの心配が一割。中には直接話しかけてこようとする人もいるけれど、人見知りなミーシャにとってそれは怖くて苦手なことだ。懸命に顔をそむけて、ここから動けないなりに世界を拒絶する。

（パパ、ママ、アリサ、はやくかえってきて……！）

心の中で祈っていたら、近くで誰かが足を止めた気配がした。

ぎくりと身をこわばらせて、うつむいたまま視線だけ動かす。自分のと同じくらいのサイズのスニーカーが視界に入った。……子どもだ。

ミーシャの外見をやたらと褒めてくる大人たちも苦手だけれど、子どもはもっと苦手だ。容赦なく「自分たちと違う」ことを突きつけて、一方的に嫌なことを言うから。

緊張して固まっているのに、立ち止まった子は何も言わないし、動かない。じっと見つめられている気配だけを感じる。

無言で凝視されている不安に耐えきれなくなっておそるおそる目を上げたら、バチッと視線が合ってしまった。

その瞬間、怖いことも、不安なことも吹き飛んでいた。理由はわからない。でも、目の前にいるその子以外がミーシャの世界から消えてしまったのだ。

じっと見つめてくるのは、吸いこまれそうに真っ黒な綺麗な瞳。髪も真っ黒だ。

子どもなのに大人みたいに落ち着いていて、姿勢がよくて、きりりとした格好いい顔をしている。きっと年上――小学生だろう。

ミーシャと視線を絡めたまま、ぽつりと彼が呟《つぶや》いた。

「……きれい」

それが自分に向けられた言葉だと気づくのに、数秒かかった。

ものすごく素直な、口からこぼれるように出てきた男の子の自然な声は、すとん、とミーシャの心の深いところに落ちた。

心臓が大きく鳴って、ふわりと頬が熱くなって染まる。

それを見た彼が少しまぶしげに瞳を細めて、もう一度呟いた。

「きれい」

じんわりと体が内側からあたたかな何かに満たされてゆく。胸の奥からキラキラした喜びが湧いてきて、じっとしていられないような気持ちになる。

うれしいのに返事の仕方がわからなくて黙っていると、彼がベンチの隣を指さした。

「そこ、いい？」

心臓を跳ねさせながらもこくりと頷くと、男の子がミーシャのすぐ隣に座る。

「まいご？」

端的な質問にかぶりを振る。緊張で言葉がなかなか出てこないのを、なんとか引っぱり出した。

「ママとパパが、いもうとをさがしにいってて……、ここでまっててって」

「ひとりで？」

「うん」

凜々《りり》しい眉根がちょっと寄った。何か考えごとを始めた彼の無言が落ち着かなくて、ミーシャは自分からも話しかけてみる。

「おにいちゃんは？　まいご？」

「ううん」

「でも、ひとり……？」

「ここには、かぞくできた。みんながまいごになったから、よびだしてもらいにいくところ」

真顔で、落ち着き払った口調で言われた内容に「そっか」と納得しかけて、ミーシャは首をかしげる。

「まいごになったの、おにいちゃんじゃないの？」

「ちがう。おれは、じぶんがどこにいるかわかってる」

きっぱり言い切られたら、こんなにしっかりした子が迷子のわけないか、と今度こそ納得してしまった。やっぱり小学生は大人っぽいな、と感心さえした。

「じぶんのこと『おれ』っていうの、かっこいいね」

「そう？」

「まねしていい？」

「べつにいいけど。おれも兄さんのまねだし」

ちょっと照れた顔で笑った彼に、胸がまたドキドキする。

なんでだろう、と思ったら、年が近い子にこんなに「ふつう」に接してもらったのが初めてだからかもと気づいた。

幼稚園だと、いじめっこを中心にいつも拒絶されている。

ミーシャがみんなと同じようなことをしたら「まねするな」と言われるし、自分のことを「ぼく」と言っているだけでも「おんなのくせに『ぼく』～？」などと嫌なからかい方をしてくるのだ。

でも、会ったばかりの彼はミーシャを否定しない。女の子だとか男の子だとかいうのもどうでもいいみたいだ。確認すらされない。

この子のことをもっと知りたい。もっと仲よくなりたい。

「あの……」

「ミーシャ！」

ドキドキしながら彼の名前を聞こうとしたのに、思いがけずに自分の名前を呼ばれた。

目を瞬《しばたた》いて声のほうを見ると、楽しそうな笑い声をあげてビチビチ暴れている妹のアリサをしっかり抱えた父親と、母親が駆け寄ってくるところだった。

「ひとりにしてごめんね、ミーシャ！」

「寂しかったよね⁉　もうアリサが本当に逃げ足が速くて……！」

「パパから電話もらって、挟み撃ちにしてやっと捕まえたの」

「待たせたお詫《わ》びにいまからなんでも好きなもの買ってあげるからね！」

「何がいい？」

怒濤《どとう》の勢いで両親に迫られたミーシャはヘイゼルグリーンの目を白黒させる。なんとか両親に返事をして、はっと隣を見たら、男の子はいつの間にか夢のように消えていた。

（ふしぎなおにいちゃんだったな……）

真っ黒な髪、真っ黒な瞳をした、ミーシャにとって理想の日本男児の姿をした男の子。

また会えるのを期待して両親に頼んで、何度かショッピングモールに連れて行ってもらったけれど、あの子には二度と会えなかった。

けれども、心の奥には宝物が残った。

『きれい』

ひらがなでたった三文字。一秒にも満たない発語。

あのひとことが、幼いミーシャの世界を変えた。

いじめっこに何を言われても、あの子の「きれい」が耳に甦《よみがえ》ってうつむかずにいられるようになったのだ。

顔を上げて、あの子みたいに姿勢をよくして、じっと相手を見つめる。

そうすると不思議なことに、相手は顔を赤くして逃げて行った。

すごい、やっぱりあのおにいちゃんにはふしぎな力があるんだ、とミーシャは感動する。

成長してから振り返ると自己暗示に近かったのだけれど、幼いミーシャはあの子に特別な力を感じていた。

あの子に出会った日から、あの子の真似《まね》をしたら自分を守ってもらえるような気がしていたから。

いつの間にか幼稚園は楽しい場所になった。もう見られるのも怖くない。

自分の外見が周りと違うのを受け入れられるようになるにつれて、あきらめもつくようになり、活用さえできるようになった。

いつしかミーシャは、名前を知ることもできなかったあの男の子のことを思い出さなくても顔を上げていられるようになっていた。

【1】


繁華な通りに面した洒落《しゃれ》たデザインのビル、その一階。

大きなウインドウを備えたメンズファッション専用のセレクトショップ『cla《くら》』には、きらめく美貌で知られる若きカリスマ店長がいる。

常に光を纏《まと》っているかのようなその姿はもはや動くパワースポット、微笑《ほほえ》んでもらえたらご利益《りやく》がある……などという、ありえないにもほどがある都市伝説の持ち主こそ、二十七歳になったミーシャこと美春だ。

(みんなおおげさに言いすぎなんだよねえ)

なんて本人は苦笑しているけれど、実際、美春のビジュアルは国籍不明でありながら非の打ちどころなく美しく、全体的に色素が淡いこともあってキラキラして見える。

瞳は美しいヘイゼルグリーン、虹彩《こうさい》にところどころ金や青、紫の筋が入っているのが不思議な印象を与えて、見る者を魅了する。

髪はニュアンスのあるやわらかな亜麻《あま》色。ハットやピンなどの小物も使ってファッションに合わせて毎日アレンジしているのだけれど、毎回真似したがるファンが続出する。

身長は百七十八センチ、すらりと手足が長く頭が小さい抜群のスタイルにはジェンダーレスな魅力があり、その身に纏うアイテムは絶賛されて飛ぶように売れる。

幼少期は自分の外見にコンプレックスがあった美春だけれど、いまはコンプレックスこそが魅力になりうると思ってお客様のコーディネートの相談にのり、楽しく仕事をしている。

「店長〜、もう掃除始めちゃっていいですか」

お客様をドアまで見送ったあと、店内に戻ってきたらスタッフの江《え》波《なみ》佑《ゆう》季《き》がバックヤードに続くドアの前から聞いてきた。

やんちゃ可愛い系の顔立ちをしている彼は見た目のとおりに人なつこくて、からりと明るい。それでいて目端《めはし》がきくしっかり者で、スタッフの中でも特に頼りになる。

時計を見ると閉店時刻の七時まであと五分だ。ほかにお客様はいないし、少し早めに閉店作業に入っても大丈夫だろう。

「うん、いいよ。俺はちょっとディスプレイいじるから、先に始めてて」

「はーい」

さっそく響き始めた掃除機の音を背に、美春はウインドウに向かう。

残暑の九月末、着るにはまだ暑いけれど、これから必要になるアウターや小物を魅力的にディスプレイしているウインドウは数日前に美春が変更したばかりだ。秋冬《AW》らしくあたたかみのあるシックな色合いでまとめつつ差し色でアイキャッチ効果も狙ったコーディネートは大好評で、ディスプレイに使ったニットソーがよく売れて品薄になったため、上半身メインのメンズ用マネキンのトルソーを着せ替えるのだ。

「よいしょっと」

トルソーを脱がせると、逞《たくま》しく引き締まった理想的なメンズボディがあらわになる。

日本人でこのスタイルをしている人はなかなかいないけれど、美春の身近にはいるから毎回少しドキドキしてしまう。

そのひとだけは、美春のことを「ミーシャ」ではなく「美春」のほうで呼ぶ。

恋人……と言えたらいいのだけれど、残念ながら違う。

ひとつ年下の同居人だ。

彼の名は郡司《ぐんじ》崇将《たかまさ》という。硬派な名前にふさわしく、外見も中身も凜々しくて格好いい友人。

大学二年のときに彼を初めて見た瞬間に、美春の心は射貫《いぬ》かれてしまった。

以来、彼だけにずっと心を囚《とら》われている。彼にとって自分が恋愛対象外だとわかっていても、あきらめきれずにルームシェアを持ちかけてしまったくらいに。

たぶんこれから先も、彼以外に心が動くことはないんじゃないだろうか。

（だって崇将、欠点がなさすぎるし……！　俺の無茶な頼みも聞いてくれるくらい、やさしいし……）

トルソーにシャツを着せながら彼のことを考えていたら、カシャリと近くでシャッター音が響いた。

目を向けると、『ｃｌａ』の公式ＳＮＳやサイトの更新に使っている職場用スマートフォンを片手に佑季がにっこりする。

「なんかいい顔してたんで、撮らせてもらっちゃいました」

「ええ……？　俺いま、すごい気の抜けた顔してなかった？」

「全然！」

力強く否定して、スマホを眺めた佑季がうっとりとため息をつく。

「は～、さすが店長です。二十四時間三百六十五日、どんな状況でもベストショットしか生み出さない奇跡の美形……」

「なに言ってるの」

「事実です！」

きっぱり言い切る彼は本人曰《いわ》く「めちゃくちゃメンクイ」で、「美形って見てるだけで幸せになれるじゃないですか。性別？　そんなのどうでもいいです。美形は美形っていうジャンルです」と独自のジャンル分けをしている。

ちなみに学生時代に美春がカリスマ読モ「ミーシャ」として活躍していたのも知っていて、

大ファンだったのを公言しているうえにいまだに崇拝しているところがある。

「これ、明日か明後日に公式でアップしてもいいですか？　夏物のセールも終わったし、そろそろ店長爆弾落としたいなーって思ってたんですよね」

「いいけど、爆弾って……」と不穏《ふおん》な単語にツッコミを入れても、「あの威力はほかに言いようないですって」とあっさり流されてしまう。

実際に、美春の写真をＳＮＳに投下すると「ガチ二・五次元！」「美形すぎる！」「これで加工ナシ⁉」と話題になってバズり、「実物を一目見たい」と『ｃｌａ』までやってくる人たちが男女問わず大量にいる。

そのうち外から眺めるだけでなくちゃんと買い物までするのは半分程度、さらに常連になってくれる人はごくわずかだけれど、写真一枚の宣伝効果としては十分だ。暇な時期のカンフル剤的に美春の写真は『ｃｌａ』公式で使われているのである。

複数のアパレルショップを趣味と投資を兼ねて経営しているオーナーから『ｃｌａ』を任されて店長をやっている身としては、自分の写真が宣伝に使えるのは元手がかからないから助かる。とはいえ、積極的に使いたいわけでもない。

「お客さんが増えるのはいいんだけど、トラブルも増えるのが難点なんだよねえ……」

「あー……、店長、隠し撮りされたり、一方的にプレゼント押しつけられたり、出待ちされたりしますもんね。なんかうまいこと処理してるっぽかったんであんま心配してなかったんですけど、本当は大変でした？　いまさらですけど写真出すのやめます？」

うっかり出た本音を心配されて、美春は笑ってかぶりを振る。

「いや、大丈夫だよ。いまのところ本気でヤバいのには当たったことないし、このまえ防犯カメラも増やしたしね」

「オーナーが太っ腹でほんとありがたいですよね。店の出入口だけじゃなくて、店内にも好きなだけ増設させてくれたじゃないですか。しかもあれ、最新型でめちゃくちゃ画像クリアなうえに顔認証システムも入ってるんですよね？　事前に登録しておけば管理用パソコンで注意喚起のアラームが出るってマジですか」

「マジです。まあアラームが出るだけなんだけど、万引き対策には使えるよね」

忙しいとどうしても目配りが足りなくなるし、髪型やファッションでイメチェンされると注意すべき人物でもうっかり見逃すことがある。それをAIがチェックして、要注意人物の注意喚起をしてくれるのはありがたい。防犯カメラの性能の進化に感謝だ。

「画像もフルカラーでめっちゃ綺麗ですもんね～。……せっかくだし、ほかにも活用できないですかね？」

「防犯カメラを？　おもしろいこと言うねえ」

「だってもったいないじゃないですか。絶対高いのに！」

「うん、たしかに高かった。……そうだね、何かいいアイデアあったら提案してくれる？

佑季くんの発想おもしろいし」

「了解《ラジャ》！　店長にそんな言われたら燃える〜！」

うおお、と気合の声をあげた佑季が機嫌よく掃除機を再開しようとして、ふとドアのほうを見るなり目を丸くした。

「なにやら突進してきます」

「突進？」

戸惑いながらも彼が指さしたほうに目を向けると、店の大きなドアにはめこまれた強化ガラスごし、夕暮れの街を丸っこい人物が懸命に走って接近してくるのが見えた。すべりこみのお客様と判断して急いで迎える準備をする。

数十秒後、ころがりこむように丸っこい人物がゴールした。

「いらっしゃいませー」

佑季と声をそろえて迎えた美春は、ぜいぜいと肩を上下させている人物が何者か気づく。

「東原《ひがしはら》さん、大丈夫ですか」

「は、はい……っ、すみません、閉店間際《まぎわ》に……っ」

「いえ、それは全然」

タオルハンカチで汗を拭う東原に椅子《いす》を勧めつつ目配せで指示を出すと、察しのいい佑季はすぐにバックヤードから水を持ってくる。

「どうぞ」

「どうも……すみません、ほんとに……」

一気飲みした東原が大きく一息つく。ようやく呼吸も落ち着いてきたようだ。

ぽっちゃり体形でレトロな丸眼鏡《まるめがね》を愛用している彼は、数カ月前に「お洒落に変身させてやってください」と常連客が連れてきた青年だ。美春たちのアドバイスで初めての彼女さんとうまくいったとのことで、そのあとも何度か来店してくれた。

ここ一カ月ほど姿を見ないと思っていたら、学会の準備で忙しくしていたとのこと。

「秋冬用の服が欲しかったんですけど、お店が開いている時間に帰れなくて……。でも、今週末に学会が終わったら彼女とデートなんです！　なんとしても今週中に新しいのを店長さんたちに見つくろってもらわないとって思って、研究室のみんなに頼んで三十分だけ抜けさせてもらってきました。どうかよろしくお願いします……！」

がばりと頭を下げられる。

「頼ってもらえてうれしいです。素敵なデートになるように、東原さんの魅力が引き立つ服をご提案させていただきますね」

にっこりして請け合うと、東原の丸顔がみるみるうちに茹《ゆ》で上がった。ぱっと両手で目を覆《おお》う。

「店長さん、まぶしすぎます……っ！　目が、目がぁ……っ」

「店長普段からキラキラしてますけど、いま後光やばかったですよねー！」

佑季まで力いっぱい同意する。

冗談のようだけれど、これが美春の日常だ。実際はそこまでキラキラしているはずがないのだけれど、もはやツッコミを入れるだけ無駄なので苦笑混じりでスルーするところまでがセットである。

今日の東原には「三十分」というタイムリミットがあるので、本人にゆっくり選んでもらうのは断念してさっそく佑季と手分けしていくつかセットアップを作った。

初デートでもないのにわざわざ秋物を一式新調するなんて……と思う人もいるかもしれない。でも、ファッションが見た目の印象を左右するだけでなく、精神にも影響を与えることをよく知っている美春たちは違う。

似合うもの、いいものは自信につながり、メンタルが強化されて戦闘力が上がる。気持ちが前向きになれば態度も変わるのだ。

ちなみに、もともとの東原はファッションに興味がなく、初めて来店したときはTシャツに短パン、ビーサンという出《い》で立《た》ちだった。『ｃｌａ』の雰囲気と美春たちにおののいてカチンコチンに緊張していた彼がお洒落を楽しんでくれるようになったのも、頼ってもらえるようになったのもうれしいからこそ、精いっぱい応《こた》えたい。

三セットのコーディネートを作り上げて披露したら、ろくに見もせずに東原は財布を出した。

「ぜんぶ買います……っ」

「え」

「店長さんたちが選んでくれたものならきっと間違いないですし、営業時間ギリギリに来て無理をお願いしちゃったので……！」

丸眼鏡の奥の目がぐるぐるうずまき模様になっているように見えて、美春はやんわり止める。

「時間については気にしないでください。俺たちも東原さんのデート服を考えるの楽しいですし。ね、佑季くん」

「ですよー」

「でもっ、でも……っ」

「それに、彼女さんとのデート代が足りなくなっちゃったら困りません？　今回のはすぐ使えるコーデだけにしたので、もっと寒くなったら追加のアイテムも必要になりますし」

「だだだ、大丈夫です……っ、バイト増やすんで！」

ぐるぐる目の東原にキャッシュカードを押しつけられた佑季が、「どうします？」と視線で聞いてきた。

（うーん、この状態で買ってもらうの、よくないな）

『ｃｌａ』で取り扱っているアイテムは少し無理をしたら手が出るという価格帯のアクセシブルブランドがメインだけれど、決して安くはない。フルコーデで三セット、大学院生の東原にはかなりの痛手になるはずだ。同居人の崇将も院生だからこそ、バイトで稼げる額の限界がなんとなく予測できる。

お客様の懐《ふところ》事情まで慮《おもんぱか》る必要はべつにないのだけれど、お洒落に価値を感じているからこそ美春は「売れればいい」という考え方ができない。

これから冬に向けて新しいアイテムも出てくるし、コートやジャケットは夏物より値が張る。いま無理したら東原はきっとあとで困る。

トータルコーディネートをした三セットを改めて見直した。

「東原さん、この中でいちばん好きなコーディネートを教えてもらえませんか」

「え……？　ええと」

ぱちぱちと丸眼鏡の奥で目を瞬いた東原が、数秒の間をおいてから「これ……かな」と右端を指さした。

「二番目は？」

「こっち、かなあ」

コーディネートにはそれぞれの好みや癖が出る。美春はエッジをきかせながらも綺麗めが多く、佑季は印象的な色やアイテムを取り入れたパンチ系カジュアルが多い。

雰囲気が違っても、よく見ると似たようなアイテムを使っていたりする。汎用性《はんよう》の高いアイテムは使い回してこそだ。

「こっちでインナーにしているシャツ、羽織《はお》ったらこんな感じになりますよ。パンツも色味が似てるからぱっと見の印象は同じですし、デザインを気に入ったほうにしませんか」

「あ、そ、そうですね……！」

実際に合わせて見せながら説明すると、東原がようやく話を聞ける状態になった。アレンジの仕方も教えて、必要最小限でお買い上げいただくことに成功する。

てきぱきとアイテムを包んだ佑季からショップバッグを受け取った東原が、丸眼鏡の奥でつぶらな瞳を潤ませた。

「ありがとうございます……っ、時間外にこんなに丁寧に対応していただいたことも、アレンジを詳しく教えてもらえたことも、一生忘れません……っ」

「いえいえ。彼女さんとのデート、うまくいったらまた報告に来てくださいね」

にっこりして返したら「神……！」と拝まれてしまった。

何度も振り返りながら頭を下げて帰ってゆく東原を見送り、完全に見えなくなってから「closed」の立札を外から見えるようにドアの前に立てた。時計を見ると七時二十分、思ったより時間をかけさせてしまったなと心配になる。

「三十分だけもらってきたって言ってたけど、東原さん、無事に時間内に帰れるかな」

「そこでタクシー捕まえてたし、大丈夫だと思いますよ。ていうか、店長ってマジ天使ですよね～。あ、東原さんには神って言われてましたっけ」

「冗談でね」

笑って流すのに、「あれは冗談じゃないと思いますよ」と返した佑季が改めて店内の掃除にかかりながらしみじみと続ける。

「俺、店長の接客好きなんですよね。売りつけてやろうって思ってないのがわかるから信頼できるし、ちゃんとお客様を見てるし。それでいてけっこうしっかり買ってもらって、お客様も満足しているじゃないですか。接客の天才か、って思います」

「ふふ、ありがとう」

余裕ぶって照れくささをごまかしたけれど、店長という責任あるポジションについているからこそ、スタッフに認められるのはなによりもうれしい。

店内の掃除とチェックをしてレジを締め、パソコン上で日報を書き上げてオーナーに送信したあとは、金庫と戸締まりを確認して本日の業務終了だ。

店を出る前に、美春はいつもオーバーサイズの地味なアウターを羽織り、マスクをして、伊達《だて》眼鏡をかけてからキャップを深めにかぶる。芸能人みたいな重装備だけれど、無駄に目立ってしまう外見で面倒に巻き込まれないための予防策だ。顔がよく見えない長身の男は周りに不安を与えこそすれ、襲われることはそうない。

「お疲れさま、また明日」と佑季と言い交《か》わして帰路についた。『ｃｌａ』は繁華街にあるから夜道も明るくて人通りが多いけれど、にぎわいを通り抜けて少し歩くと住宅街に入る。

十分もせずに自宅があるマンションが見えてきた。部屋に明かりが灯《とも》っているのを見るたびに、美春の胸はぽわんとあたたかくなる。

恋人にはなれなくても、好きなひとが待っている部屋に帰れるのはいつだってうれしい。彼にルームシェアを持ち掛けたかつての自分の勇気を褒めてやりたい。

自宅ドアを開けると、ふんわりとおいしそうな匂いが玄関まで漂《ただよ》っていた。

「ただいま」

少し声を張ってＬＤＫにいる崇将に聞こえるように帰宅を知らせると、「おかえりなさい」と低く落ち着いた声が返ってきた。

毎日のことなのに、美春は崇将が家族っぽい言葉を口にしてくれるとうれしくてドキドキそわそわしてしまう。すぐにでも彼のところに行きたいのを我慢して洗面所で手洗いとうがいをすませ、鏡で髪や表情に乱れがないかチェックしてからＬＤＫに向かった。

静かにドアを開けた美春は、キッチンに立つ同居人の姿にしばし見とれる。

（はー……、格好いい……）

長身の美春よりさらに十センチも背が高い崇将は、幼少期からやっているという剣道のせいか姿勢がよく、しっかり鍛えられたいい体をしている。プロのショーモデル顔負けのスタイルは何を着せても絵になるのに、本人は大学で研究している薬学以外にあまり興味がなくて「服のプロの美春さんに任せます」と丸投げしてくれるので、彼の服はすべて美春セレクトだ。

研究室で目立ちすぎないように、でも似合うものを……と美春が気を配って選んでいるのは、基本的にシンプルなデザインのカットソーやシャツ、パンツだ。でも、崇将によく似合うカラー、形、サイズにしているから——場合によっては既製品に自分で少し手を入れることもある——、派手さはなくても常に完璧なコーディネートになっている。

今日は黒のVネックカットソーにデニム、襟や胸ポケット、ボタンだけカラーを入れてポイントにしているシャツを羽織っているのだけれど、調理のために袖《そで》をまくっていて、エプロンを着けている姿も最高だ。

もちろん体だけじゃなく、顔も文句のつけようがなく格好いい。

眼鏡がよく似合う知的な顔立ちは、きりりとした眉、涼しげな切れ長の瞳、通った鼻筋、形よく引き結んだ唇と、すべてのパーツが一切の甘さを含まない代わりに凛々しく整っている。硬質な黒髪は美春の勧めで前髪は長め、後ろは短く刈り上げられていて、頭の形のよさが際立つ。

まったく愛想がないから万人受けはしないだろうけど、美春にとってはどツボだ。好みすぎて見ているだけで胸が高鳴ってしまう。

（俺が大学卒業するときからだから……、同居してもう五年もたつのになあ）

帰宅するたびに毎回ときめいてしまうなんて、我ながらいっそ感心してしまう。

「美春さん？」

黙々と作業していた崇将が、ドアのところで立ち止まっている美春に怪訝《けげん》な目を向けてきた。慌ててなんでもない顔をつくり、彼の許《もと》に向かう。

「何作ってんの？　玄関までいい匂いがしてた」

「肉豆腐です。こっちは味噌汁《みそしる》」

「手伝おうか」

「いえ、大丈夫です」

低くていい声でさくっと断られてしまった。

美春としては一緒にキッチンに立ちたい気持ちもあるのだけれど、テキパキと作業している崇将の動きには無駄がない。きっと頭の中ですべての工程をベストな形で組み立てているのだろう。

邪魔するのも悪いから、離れがたい思いを隠して美春はリビングに移動する。

ソファの脇に置かれているカゴに気づいて、いそいそと中身をひっくり返した。気づいた崇将がキッチンから止めてくる。

「美春さん、ゆっくりしてていいですよ」

「いいよ、待ってるあいだ暇《ひま》だし。ごはんできたら呼んで」

「もうできます」

「じゃあ競争ね」

言いながら美春がハイスピードでたたんでいるのは、乾燥済みの洗濯ものだ。仕事がら服をたたむのは得意だし、わりと好きな作業でもある。鼻歌混じりにたたむ美春をじっと見つめたものの、崇将は特に何も言わずに夕飯作りに戻った。

約十分後。

「こっちは終わったよ。崇将は？」

「あとは冷蔵庫のきんぴらを持ってきたら終わりです」

「じゃあちょっとだけ俺の勝ちだね」

「本気で競争してたんですか」

ふ、と笑った崇将に心臓が跳ねる。好みの顔はほんの少し変化を見せるだけでも衝撃が大きい。ドキドキしているのに気づかれないようにすまし顔で頷いて、ダイニングテーブルに向かった。

「俺はいつだって本気だよ。罰ゲームも考えてたし」

「どんな？」

眼鏡の奥の瞳を興味深そうにきらめかせた崇将が予想外の食いつきを見せた。ただの軽口というか、洗濯ものをたたみながらの妄想だったのに……と内心でうろたえる。

「秘密」

「言えないようなことだったんですか」

「そういうわけじゃないけど……」

「言えないことじゃないのに秘密にされると、余計気になります」

きんぴらの器をテーブルに置いた崇将にじっと見つめられる。

彼のこの目に美春はものすごく弱い。なんでも言うことを聞きたくなるし、ドキドキして挙動不審になってしまう。

「た、崇将、じっと見るの禁止！」

「何故《なぜ》ですか」

「落ち着かないじゃん」

「じゃあ罰ゲームの内容を教えてください」

「たいしたことじゃないってば……！」

「だったら言えますよね」

ううう、と十秒ほど葛藤《かっとう》したものの、視線の圧に負けた。研究熱心な彼が簡単に引かないのはわかっているし、ごまかそうとするほど泥沼にはまっていく気がする。

嘆息して、美春は小さな声で「罰ゲーム」の内容を白状した。

「……負けたほうが、勝ったほうの言うことをなんでもひとつきくのとか、いいなって」

「わりとスタンダードな罰ゲームですね。なんで隠そうとしたんです？」

「……なんとなく？」

これでごまかせないかと思ったものの、無理だった。ふうん、と納得したような返事をしたくせに、彼は正面から聞いてくる。

「それで、美春さんは何をしてほしいんですか」

「え」

「さっき、俺に勝ったでしょう。事前に罰ゲームを考えていたんなら、俺にさせたいことがもう決まってるってことですよね。いまの流れからして、秘密にしたがった理由って罰ゲームの内容に関係してるんじゃないですか」

落ち着き払った口調で、理路整然と、的確に追究するのはやめてほしい。適当に口から出まかせを言うのは苦手だし、言ったところでおそらく無駄なのがわかるから。

結局、美春は妄想していた罰ゲームを明かさざるをえなくなった。

「……崇将から、キス、させてみようかなって」

「それのどこが罰ゲームなんです？」

心底怪訝《けげん》そうに呟《つぶや》いた彼が長身をかがめた。

え、と思ったときには、唇にふわりとやわらかなものが重なっていた。軽く押しつけて、崇将が姿勢を戻す。

ぱしぱしとまばたきをして見上げると、彼が少し首を傾《かし》げた。

「舌を入れるやつでした？」

「あっ、ちっ、ちが……！　大丈夫、いまので！」

もう一度顔を寄せてこようとした崇将を真っ赤《まか》になって止めると、小さく笑った彼が向かいの席に移動する。

心臓がバクバクしている。顔が熱い。無意識にまだやわらかな感触が残っている唇に指先を触れると、眼鏡の奥の目を瞬いた崇将が名状しがたい顔になった。

「やっぱり、舌も入れるべきでしたかね」

「う、ううん！　ていうか崇将、普通にキスするね……？」

「え、それはもちろん、しますけど」

当たり前じゃないですか、といわんばかりの返事をした彼は困惑しているようだ。でも、美春こそ困惑している。

（だって崇将、べつに普段俺にキスしないじゃん……⁉）

ある特別な時間を除いて、彼が美春にキスすることはない。そもそも同居人ではあっても恋人ではないのだから当然だ。

だからこそ「罰ゲーム」でもいいから日常っぽいキスをもらえたらな……という気持ちが

こぼれてしまったのだけれど、なんでそんなに「いつもしてますけど？」みたいなノリで、さらっとやってのけたのか。

（……あ、でも、崇将だもんな）

落ち着き払った顔で食事を始めた男前を見ているうちに、ようやく動揺が収まった美春は納得する。

こう見えて崇将はめちゃくちゃ面倒見がいい。頼めばなんでもやってくれるし、頼まなくても気づいたことはやってくれるし、よく気がつく。

友人としても同居人としても最高な彼に美春が戸惑わされることはただひとつ、理系中の理系の思考回路をもつせいか、ときどき想像の斜め上の発想をされることくらいだ。

今回のキスも、美春が希望したから叶《かな》えてくれただけに違いない。そこには感情も意味も伴《ともな》わなくて、だからこそ罰ゲームにすらならないのだ。

（うん、きっとそうだな。崇将、そういうとこあるもんなあ）

よくも悪くも崇将は情緒的じゃない。過去の彼女さんたちにフラれた理由も「私のこと本当に好きかわからない」「感情がないみたい」「デリカシーがない」だったらしいし。

美春から見ると彼は感情を表に出すことがものすごく少ないだけで、やさしいし、意外と人の心の機微《きび》に敏《さと》い。デリカシーはあまりないかもしれないけど。

自分なりに納得できたら、ようやく夕飯にちゃんと意識が向いた。

今夜は旬のきのこがたっぷり入った熱々肉豆腐、冬瓜《とうがん》と根菜の生姜《しょうが》風味の味噌汁、蒸し茄子《なす》とキャベツの胡麻《ごま》味噌和《あ》え、常備菜の五目きんぴらだ。ごはんは美春のは軽く、崇将のはしっかりボリュームでよそってある。

「崇将、ほんとに料理上手だよねえ。ぜんぶおいしい……」

しみじみと呟くと、彼が眼鏡の奥の瞳をほのかにやわらげる。

「よかったです」

「たまに珍《めずら》しい野菜も使うけど、バイト先ではホール担当なんじゃないの？」

「はい。でも、俺にバイト先を紹介してくれた先輩が厨房《ちゅうぼう》の手伝いもしてたんで、流れで俺も手伝いながら勉強させてもらってます」

崇将のバイト先は『長月《ながつき》』という完全予約制のオーガニックレストランだ。

契約農家から毎日仕入れている新鮮なオーガニック野菜をふんだんに使ったメニューが人気で、薬科学科の先輩が「医食同源の勉強にもなるよ」と同じ専門の崇将を誘ったのがきっかけだったとのこと。

「先輩って、もう院を修了して製薬会社の研究所で働いてるって言ってたよね。崇将が内定もらってるとこじゃなかった？」

「はい」

短い返事に追加説明はなし、つまりどちらも「イエス」という意味だ。

「研究室で代々受け継がれるバイト先と職場っておもしろいね」

「意識的に受け継いでいるわけじゃないですが、責任も感じます」

真剣な口調に目を瞬いて、理解した。

「後輩に引き継がれる場合って、研究室の代表として来てるってことになるもんね。無責任だったり、失敗ばっかりしてたら自分のせいで『次』がなくなっちゃうだろうし。……や、責任感をもってちゃんと仕事したらいいだけなんだけど」

「そのとおりですけど、『結果』を出せるかどうかのプレッシャーは感じそうです」

研究職とはいえ、仕事にするからにはやはり結果が求められる。薬には多額の資金と使用者の健康がかかっているぶん他業種とはシビアさが違いそうだ。

（……そっか、崇将も社会人になるんだ）

ふいに実感が湧いてきて、なんだか不思議な気分になった。

同じ薬学部でも薬剤師を目指す薬学科は六年制だけれど、崇将たちのように薬の研究・開発をする薬科学科は学部が四年、院に進めば修士課程が二年、博士課程が二年になっている。

一歳下の崇将は、経済学部卒の美春よりも五年遅れて就職することになるのだけれど、学生の彼しか見てこなかったせいか未来をうまく想像できない。

いや、うまく想像できない理由は別にある。

「……就職したら、うちを出てくのかな……」

心の声がぽつりと漏れたら、我ながら寂しがっているのが丸わかりなトーンになってしまった。焦って言い訳する前に彼が首をかしげる。

「なんでですか」

「え、えっと……、職場が遠かったりとか、うちだと都合悪かったりとか、しない？」

「いえ。ここからならバイクで十五分程度ですし、都合が悪いことは何も」

「そ、そう？　ならいいけど」

曖昧に笑って返しながらも、いちばん聞きたいことは聞けずじまいだ。

いつまでうちにいてくれるの、とか、新しい彼女が出来たら出て行っちゃうんだよね、とか。

心の準備をしておくためにも聞いておきたい一方で、内容によってはダメージに耐えられないかもしれないから聞く勇気が出ない。

そうやっているうちに同居して五年もたってしまった。

好きなひとがいつまでこの状況をシェアしてくれるのかわからないまま、美春はほんの少し不安だけど幸せな日々を彼とすごしている。

食事の準備は先に帰宅したほう――ほぼ毎回崇将だ――がする代わりに、後片付けは作ってもらったほうが担当するルールだ。

「もー、フライパンとか残しといてって、いつも言ってるのに」

唇をとがらせた美春が夕飯に使った食器を洗いながら訴えても、「使ったものが置きっぱなしになってるほうが邪魔なんで」とさくっと返して崇将はお風呂を沸かしに行ってしまう。

戻ってきた彼が冷蔵庫を開けた。

「梨《なし》が買ってあるんですけど、デザートにどうです？」

「やった、食べる〜」

果物好きな美春がうきうき即答すると、さっそく剝《む》いてくれた。大きな手は爪の先まで完璧に格好いいけれど、見るからに無骨《ぶこつ》。それなのに驚くほど繊細に果実とナイフを扱うし、器用に動く。

見る間《ま》に綺麗に剝かれた水分たっぷりの梨がひと切れ、口許《くちもと》に差し出された。

「どうぞ」

「……ありがと」

ちょっと照れつつも、皿洗い中を理由に彼の手から素直に食べる。

美春が食後の後片付けをしている最中に限って彼はデザートの果物の存在を思い出して剝いてくれることが多いから、こういうのは珍しいことではないのだ。

八等分されているとはいえひとくちでは食べきれず、まずは三分の一ほどをかじった。

「ん……、おいしいね」

「今年初ですね」

崇将も自分のぶんの梨をかじる。ひとくちで三分の二ほどがなくなるのを感心しつつ眺めて、自分のぶんをもうひとくち。

作業の合間に瑞々《みずみず》しく歯切れのいい果肉とさっぱりした甘さを機嫌よく食べさせてもらっていた美春は、ふと目を上げた瞬間に見つめられていることに気づいて心臓を大きく跳ねさせた。

何見てんの、と言おうにも、口の中には梨があるし、崇将は何かを見つめているようで考えごとに没頭《ぼっとう》していることがある。興味を引かれたものをじっくり見る癖もあるけれど、いまがどっちなのか判別が難しい。

落ち着かない気分を隠して最後のひとくちを食べようとして、少しためらった。このサイズだと間違いなく崇将の指に唇が付いてしまう……が、意識しているのに気づかれないためにはさりげなくいくしかない。

（……いちいち気にしてんの、俺だけだから！）

内心で自分に言い聞かせて、最後のひとかけらに挑《いど》んだ。崇将の指を思いのほかしっかり口の中に入れてしまったけれど、懸命に平静を装《よそお》って顔を離す。

「ん、ありがと……」

「どういたしまして」

咀嚼《そしゃく》しながら礼を言うと、頷いた崇将が自らの濡れた指をごく自然な仕草で舐《な》めた。さっき自分が口に含んだ指だと気づくなり、じわっと顔が熱くなった。

眼鏡の奥で目を瞬いた崇将が、ふと瞳をやわらげる。

「……なに」

「何も言ってませんよ」

「でも、何か言いたそうだったよ」

「それは美春さんのほうじゃないですか」

さらりとした口調で言われたものの、ぎくりとした。

（さっき、指を舐める崇将の姿にそそられたの……、気づかれちゃったかな）

だって仕方ないじゃん、普段ストイックそのもののくせにああいう仕草がやたらとエロいんだから……と心の中で言い訳するものの、口には出せない内容だから知らんぷりでごまかすしかない。タイミングよくお風呂が沸いた知らせが響き、皿洗いも終わった。

「崇将、先にお風呂入っておいでよ。俺、今日はゆっくり入りたいし」

「了解です。じゃあお先に」

すんなり受け入れた崇将がＬＤＫを出てゆく。

淡々とした態度はいつもどおり。美春が彼に劣情を抱《いだ》いたのに気づいていたとしても何も言わない。

（……俺から誘わない限り、そういうこと、しないもんね）

広い背中を見送った美春は小さく苦笑して、脱力した気分でソファにころがった。

崇将と美春は恋人同士じゃないけれど、体の関係がある。

いわゆるセフレだ。

とはいえ、少しイレギュラーな形かもしれない。崇将から求められることはないけれど、美春が求めたら付き合ってくれるという「ボランティア的セフレ」だから。

（ほんとに、崇将ってやさしすぎっていうか、なんていうか……）

クッションを抱えて嘆息する。

好奇心を装って彼を誘った自分も自分だが、本当に抱いてくれる崇将も崇将だ。

彼は同性どころか、本当は恋愛にも興味がないひとなのに。

◇◇◇

美春が崇将に初めて会ったのは約七年前、大学二年の夏だった。きっかけは剣道部の副主将を務めている友人だ。

「頼む！　ミーシャが応援に来てくれたらミーシャ狙いの女子が集まってうちの部員の士気が上がるんだ！　助けると思って今度の交流試合を見に来てくれ……！」

「わかった、わかった。その日は撮影だけど、終わったら行くよ」

苦笑混じりに引き受けると、「恩に着る！」と時代がかったフレーズと共に友人の信吾《しんご》が美春を拝んだ。

試合の応援に駆り出されるのはこれが初めてじゃない。信吾の言うとおり、美春が行くとどこからか聞きつけた女の子たちが集まるのだ。冗談めかして「ハーメルンのミーシャ」などと呼ぶ人もいる。

周りと違うのが嫌で、目立つのが苦手だった幼いミーシャだけれど、不思議な男の子に出会った日をきっかけに変わった。自分を受け入れられるようになったいまでは業界最大手のメンズファッション誌で読者モデルまでしている。

ちなみに読モは自分で望んでなったわけじゃない。成長しても自由奔放な妹のアリサが「お兄ちゃんが読モになったらワンチャン会えるかもと思って」と、美春が高校一年生のときに彼女の最推しモデルが毎号登場している雑誌の読モ募集に勝手に応募した結果だ。

採用になって驚き、戸惑ったものの、撮影現場ではお洒落を愛するセンスのいい人たちにたくさん会えて思いのほか楽しかった。みんな「人と違うこと」「目立つこと」を楽しんでいて、「自分のセンス」を大事にしているし、堂々としている。髪や目の色も遊び放題。

ファッションは自己表現であり、戦闘力をアップするもの。制服のように個性をなくして所属を示すものもあるけれど、逆に同じ服だからこそアレンジや着こなしで個性が際立《きわだ》つこともある。奥深くておもしろい。

プロのモデルを見慣れている雑誌の編集さんやフォトグラファーをして「完璧」と言わしめる美貌とスタイルの持ち主であるミーシャは、あっという間に人気が出てカリスマ読モと呼ばれるようになった。「読モの分際《ぶんざい》で」と一部のモデルにライバル視されてはいるものの、美春側に張り合う気がないから大きなトラブルには発展せずにすんでいる。

ファッションはおもしろいけれど、自分が表に立ちたいわけじゃないことに早々に気づいた美春は、大学卒業までの期間限定でアパレル業界の勉強をさせてもらうつもりで読モ活動を続けている。

他大学との交流試合は、よく晴れた七月の午後にあった。

「ミーシャ、ほんとにあんなとこ行くの～?」

「似合わないよ～。みんなでもっと涼しいとこで遊ぼうよ」

構内を歩いているうちについてきた女の子たちが口々に言うけれど、「約束したから」と笑顔で誘いを断って武道場に向かう。

キラキラビジュアルのカリスマ読モのミーシャには男女問わず崇拝者や下心たっぷりで近づいてくる輩《やから》がいるのだけれど、同じ高校出身の信吾は「普通」の友達として扱ってくれる。数少ない気楽に付き合える友人との約束は大事だ。

大学構内にある武道場に近づくにつれて、打ち合う竹刀《しない》の音や勢いのある掛け声が聞こえてきた。ついてきた女の子たちとハーメルンのミーシャ状態で武道場内をのぞきこむと、エ

アコンがないせいでむわっとしている。しかも、男くさくて汗くさい。

一瞬帰りたくなったものの、不思議な引力に導《みちび》かれたようにひとりの剣士に目が吸い寄せられた。

姿勢よく座っている彼は、きりりとした顔立ちのみならず全身に凛《りん》とした気配を纏《まと》っている。あの周辺だけなんだか涼しげだ。

目を離せずにいると、ふと彼が顔を上げた。

視線がぶつかり、絡む。十メートル以上離れているのに、すぐ近くにいるような錯覚《さっかく》を覚えた。彼以外の存在が消える。

……この感覚は知っている。ずっと昔、同じことがあった。

鼓動が速くなる。あれからずっと会えなかったあの子と、こんなところで再会できたなんていう奇跡があるだろうか。

すぐにでも駆け寄って確認したい気持ちとはうらはらに体が動かずにいたら、彼との間を繋《つな》いでいる見えない糸を遠慮なく遮《さえぎ》って防具を身に着けた男が目の前に立った。友人の信吾だ。

「来てくれたんだな、ミーシャ！　ありがとう」

「あ……、うん。遅くなったけど」

「なんのなんの。これから団体戦の試合だから、ぜひ応援してくれ」

朗《ほが》らかに笑う信吾に促されて観覧席に移動すると、部員たちがクッション付きのパイプ椅子を用意してくれていた。暑さ対策の団扇《うちわ》と保冷材まである。

予想以上の歓待に戸惑いながらも座ったら、部員たちに取り囲んで拝まれた。

「ミーシャさんのおかげでギャラリーが増えてありがたいです！」

「ていうかミーシャさんが見ててくれるだけでも頑張れます！」

「俺もです！　頑張れって言ってもらっていいですか」

「う、うん、いいよ。……頑張れ」

自分の応援でいいなら、とリクエストに応えたら、我も我もとほかの部員が続いた。彼ら曰《いわ》く、キラキラ輝くミーシャに応援してもらえると勝利の天使の加護をもらえた気分になるらしい。

（俺にそんな力はないんだけどなあ）

苦笑するものの、思い込みの力というのは意外と侮《あなど》れない。

いざ試合が始まったら、個人戦ではイマイチだったという先鋒《せんぽう》の部員が相手の先鋒に勝ち、次鋒まで仕留めた。中堅には負けたものの、こちらの次鋒が中堅を倒して副将まで討《う》ち取《と》る。

大健闘に部員たちは大盛り上がりだったのだけれど、相手が大将になったら勢いがひっくり返った。

おそらく百九十センチ近くあると思われる大将は、立っているだけでも迫力があるのに鬼のように強かった。構えに一切隙がなく、大柄なのに動きは鋭い。

剣道にはあまり興味がない美春も、思わず息を止めるようにして見入っていた。

彼は次鋒、中堅、副将と立て続けに倒し、とうとう大将戦になった。こちらの大将は友人の信吾だ。どっちにも勝ってほしくて応援に困る。

大将戦は緊張感の漂う様子見から始まって、打ち合いではどちらも一歩も譲らなかった。白熱した試合に手に汗を握る。ふたりとも打突《だとつ》が速すぎて美春には何が起きているのかよくわからなかったけれど、最終的に信吾が判定勝ちした。

互いに息を切らしながらもきちんと礼をして、味方の元へ帰る。無意識に向こうの大将の背中を目で追っていたら、マネージャーと思《おぼ》しき女の子と何か話したあとに彼が面を取った。渡されたタオルで汗を拭って、ふとこっちに目を向ける。

（やっぱり……！）

試合中から確信めいた予感があったけれど、武道場に入ってすぐに目を奪われた彼だった。垂《たれ》で確認した名前は「郡司」。

違う大学に通う彼とは、今日を逃《のが》したらもう会う機会がないかもしれない。

そう思えばこそ話しかけたかったのに、勝利に喜ぶ部員たちに「ミーシャさんの応援パワーのおかげです！」と囲まれて叶わなかった。片付けが始まってしまえば部外者の美春は外に出るしかなくなる。

「六時半から打ち上げやるから、ミーシャも来いよ。部員たちがおごるって」

部室に戻る途中の信吾に誘われたけれど、体育会系の飲み会はハードそうだ。反射的に断りかけて、ふと気になって聞いてみた。

「打ち上げって、うちの学校だけでやるの?」

「いや。向こうの主将たちも呼んだ」

ぴょんと心臓が跳ねる。

「主将って、あの、すごい強かった人？」

「ん？　郡司のこと？　あいつは主将じゃねえよ。一年だし」

「え」

あの男の子なら年上だとばかり思っていたのに、年下だったことに戸惑う。とはいえ、大学は浪人や留年があるから一律同い年というわけじゃないし、彼の大学は国内トップクラスの国立大だ。学年下の年上ということもなきにしもあらず……と内心で希望をつないだ矢先、信吾がさらに予想外の情報をくれた。

「あいつ、二年前にインハイの団体で戦ったときも強かったけど、もっと強くなってたなー。四連戦で俺とあれだけ打ち合えるとかすげえわ。剣道場の息子としては絶対負けられねえって燃えたぜ」

「ちょ、ちょっと待って。インハイで戦ったってことは……、彼、他県出身？」

「おう。たしか宮城」

「そ、そっか……」

あの男の子と運命的な再会をしたのかと思ったけれど、そんな奇跡はなかったようだ。彼が別人でもかまわないはずなのに、なんとなく……すごく、残念な気がした。

それでも彼と話すチャンスを見逃しきれず、美春は打ち上げに参加することにした。

大学近くの学生御用達《ごようたし》の安いチェーン店の居酒屋の広間で、大人数の打ち上げが始まる。

美春の席は信吾の隣だ。

そして、目の前には。

（郡司くんだ……！）

話してみたいとは思っていたけれど、まさかこんなに近くに座ってもらえるとは。彼の肩にがっちり腕を回して連れてきてくれた向こうの大学の主将さんに感謝だ。

間近で見る彼も凛とした雰囲気を纏っていて、ものすごく格好よかった。武道場ではかけていなかった眼鏡がまたいい。知的でめちゃくちゃ似合っている。

内心では心臓がうるさく跳ね回っていたけれど、読モとして培《つちか》った技術を駆使して美春は落ち着いているふりで笑顔をつくった。いかにも飲み会に慣れているふうを装って運ばれてきた飲み物と食べ物を同じテーブルのメンバーに回す。

ビールジョッキを彼にも渡そうとしたら、「俺はいらないです」と自分でウーロン茶のグラスを取った。

声も低くて硬質な感じが格好いい……と一瞬聞きほれてしまうと、動きを止めた美春が気を悪くしたと勘違いした主将さんが彼の肩を小突《こづ》いた。

「郡司、断るにしてももうちょっと愛想よくしろよ！　せっかくミーシャさんが手ずから渡してくれたのに失礼だろ！」

「……失礼でしたか？　すみません。俺、まだ酒は飲めないんです」

真顔で頭を下げられて、美春は慌てる。

「そうだよね、俺こそうっかりしててごめん。郡司くん、一年生なんだよね？」

ストレートで合格していたら十八歳、誕生日がきていても十九歳の未成年だ。美春も今年の四月にやっと飲酒ＯＫな年齢になったばかりなのに、彼が年下というのをすっかり忘れていた。

頷いた彼が、じっと美春を見つめてきた。

「『くん』、いらないです」

「え」

「名前」

ぱちくりと目を瞬く美春の斜め向かいで、主将さんが噴き出した。

「郡司、しゃべるの下手《へた》すぎ。『くん』付きで呼ばれるのは慣れなくて変な感じがするとか、ちゃんと言えって」

「……そういう意味です」

「そ、そっか」

主将さんの説明をまるっと、端的に引用する彼は無駄な会話が苦手らしい。べしべしと遠慮なく背中を叩《たた》きながら主将さんが後輩のフォローをする。

「こいつ、石像かっつーくらい表情がないうえにこの話し方だから誤解されやすいんですけど、悪気はないんで。まあデリカシーもないんですけどね！　そのくせなぜかモテるんだよなー。なんなの、女の子たちは顔がよくて背が高くて頭がよくて運動神経がよけりゃいいの？　俺のほうが絶対みんなを幸せにしてあげるのに！」

フォローのはずが最終的にブーイングになった。周りに聞こえる大声に、あちこちで反応の声があがる。

「いやいや、いま並べたスペックコンプしてんの相当だよ？　モテても仕方ないよ～？」

「モテメン死すべし！」

「ちょっ、うちの戦力減らさないでくださいよ」

「張り合うだけ悲しくなりますよ、主将！」

「ていうか郡司、たしか彼女いたよな？」

「はい」

誰かの声にあっさりと、しかしはっきり彼が肯定《こうてい》した。その瞬間、美春は自分でも思いがけないほどのショックを受ける。

なんでこんなに……？　と自分の反応を否定しようとしたけれど、心の奥底ではすでにわかっていた。同性だし、彼のことをよく知らないけれど、否応《いやおう》なしだ。

自分は彼に一目惚れをして——自覚と同時に失恋してしまったのだ。

（俺、男もいけたんだ……？）

読モとはいえファッション業界に関わってきたから、相手の性別にこだわらずに恋愛している人たちがいるのは身近で知っている。偏見も抵抗感も特にないけれど、付き合ってきた相手はこれまで女性のみだったから自分が同性も好きになれるなんて知らなかった。

叶わない恋なら知らないままがよかったけど……と思った直後、美春は気づいてしまう。

これまでの美春の恋愛は、積極的なアプローチにほだされて受け入れるものの、数カ月後には「ミーシャの顔は大好きだけど、隣に並ぶとコンプレックスが刺激される」「思ってたのと違った」と別れを切り出され、「そっか、じゃあ仕方ないね」と終わってきた。別れるときは残念で悲しいけれど、それは相手への未練などではなく、「期待に添えなくて申し訳なかったな」という気持ちだ。

つまり、初めて自分から好きになったのが彼なのだ。

同時に失恋もしちゃったけど……と複雑な気分で向かいに目をやったら、彼は周りの騒ぎなどまったく気にしていない様子で取り皿に料理を盛《も》っていた。めちゃくちゃマイペースだけれど、我が道を行く感じも好ましい。

美春の視線に気づいた彼が軽く眉を上げた。

「取り分けましょうか？」

意外と世話焼きなんだろうか。もしかしたら体育会系ならではの気遣いなのかなと思いつつ、せっかくだから頷いて取り皿を渡した。普段なら遠慮するところだけれど、失恋気分でちょっとしたやけだ。やけついでに聞いてみる。

「ほんとに、呼び捨てでいいの？」

「はい。下の名前でもいいですよ」

「……下の名前、まだ聞いてないんだけど」

「崇将です」

「……たかまさ」

失恋したのに、名前を知ることができただけでやっぱりうれしい。口の中で大事にころがすように呟いたら、耳がいいのか「はい」と返事がきてちょっと焦《あせ》った。

「じゃ、崇将って呼ぶね。俺のことはミーシャでいいよ。みんなそう呼ぶし。……ん、それ、ありがとう。もういいよ」

取り皿に盛ってもらった料理を受け取ったら、彼から質問がきた。

「本名ですか」

「ううん、ミーシャは通称。本名は美しい春で、ミハル」

ひさしぶりに名乗る本名が少し照れくさくて笑うと、じっと見つめて崇将が呟いた。

「綺麗ですね」

淡々とした口調は社交辞令かもしれないのに、かつてのあの子を思い出すし、無駄な会話が苦手そうな彼だけに本心っぽく聞こえて胸がきゅんとなってしまった。

そんな自分をごまかしたくて美春は混ぜ返す。

「綺麗すぎるよね、男の名前としては」

「……好きじゃないんですか？」

「や、好きだよ。ただ、ハマりすぎかなーとは思ってる」

真意を問うような目を向けられて、美春は誰にも言ったことがない本心をできるだけ軽い口調で明かした。

「ほら俺、顔があんま男っぽくないでしょ？　名前まで性別不明だと、たまにだけど変なこと言ってくるのがいるんだよね。トランスじゃないのとか、脱いで見せろとか」

「……は」

一瞬で剣呑《けんのん》な表情になった彼の迫力たるや、古《いにしえ》の剣豪もかくやという鋭さだ。

そういう表情も格好いいなあとうっかり見とれそうになったものの、自分のために怒ってくれているのにのんきにしている場合じゃない。急いで言葉を足す。

「まあ、ほんとにごくたまーにだけどね。そういうこと言ってくるのって自分がろくな人間じゃないのをわざわざアピールしてるようなもんだから、近づかないし、気にしないけど。でもまあ、美春よりはミーシャのほうが無難かなーって思ってるとこはある。外見にも合ってるみたいだし」

「本名も似合ってます」

真顔で、きっぱり言われて、どきりとした胸がじんわりあたたかくなった。祖母が心をこめてつけてくれた名前をもつ、素の自分を受け入れてもらえたみたいで。

「ありがとう。ほんとは好きな名前だから、うれしい」

喜びと照れの入り混じった笑みをこぼすと、彼が少しまぶしげに目を細めた。

「……呼んだら駄目ですか」

「え」

「美春さん、って」

まっすぐ目を見ての本名呼びの威力に、一瞬息が止まった。

ぶわーっと頬に血が上ってくる。家族からも「ミーシャ」と呼ばれてきた美春にとって、下の名前で呼ばれるのは慣れないせいかドキドキして落ち着かない。なのに、彼にはもっと呼んでほしくなる。

深呼吸で動揺をなだめた美春は、笑顔をつくって頷いた。

「いいよ。照れるけど、せっかく似合ってるって言ってもらったしね」

「ありがとうございます」

「そんな、お礼を言われるようなことじゃないのに。……ていうか、崇将だって俺に名前呼び許可してくれたんだからおあいこじゃない？」

「レア度が違います」

真顔で返す彼に笑ってしまうと、ふ、と崇将も笑って、そのやわらいだ眼差《まなざ》しに心臓が衝撃を受けた。直後、主将さんの大声が響き渡る。

「おおっ、郡司が笑ってる……！」

スン、と一瞬にして崇将が真顔に戻った。

あまりにも完璧な無表情に、さっきの笑みは錯覚だったような気がして美春は周囲の人たちと一緒になって目を瞬く。

「笑ってた……よな？」

「マボロシ……？」

その後、周りに何を言われても「笑えと言われて笑えるものじゃないですし」と崇将の表情は変わらず、その徹底ぶりを逆におもしろがられていた。意外と愛されキャラらしい。

脈ナシとはいえ、一目惚れした相手を存分に眺められる特等席で、おしゃべりの相手もしてもらいながら飲むお酒はおいしかった。

体育会系ならではのハイペースかつにぎやかな飲み会の雰囲気にも後押しされて、いつの間にか杯を重ねていた美春は、ふと気づいたら部屋の隅で何かにもたれてうたたねしていた。

「あれ……？」

目をこすりながら呟くと、「起きましたか」とすぐ近くでめちゃくちゃ好みの声が響く。心臓が跳ねて、一気に目が覚めた美春はがばっと体を起こした。もたれていたのはしっかりした肩、持ち主は崇将だ。

「ご、ごめん……っ、俺、寝てた？」

「はい。五分ほど」

「うわー……そっか、ほんとごめん。たまにやっちゃうんだよねえ……」

「らしいですね。信吾さんに聞きました」

手を合わせて詫《わ》びる美春に淡々と返す彼が何を考えているかはわからない。怒ってはいないようだけれど、どことなく渋い顔をしている。

（今日会ったばかりの男に肩を枕にされるなんて、迷惑だったよね……）

本当に申し訳ない。ただでさえなかった脈を完全に切断してしまった気分だ。

祖母の遺伝子のおかげか、美春はもともとアルコールに強い。色白だからふんわり頬は染まってしまうけれど、大量に飲んでも機嫌よくなるだけだ。

ただ、疲れているところてんと寝落ちてしまうことがある。短ければ一分以内、長くても五分以内で目を覚ますとはいえ、突然睡魔に負けてしまうのだ。

その悪癖《あくへき》を美春が初めて知ったのは今年の四月末で、二十歳《はたち》の誕生日を友人たちが祝ってくれた席だった。それから三回ほどやらかしている。

「迷惑かけて、ほんとにごめんなさい……」

しゅんとして謝る美春に崇将がかぶりを振った。

「迷惑じゃなかったですが、心配です。これまで信吾さんがフォローしてなかったらと思うとぞっとしました」

「そうだぞ～、ミーシャが誘拐《ゆうかい》されたり悪戯《いたずら》されたりしなかったのは俺のおかげだぞ」

割り込んできたのは信吾だ。これまでは彼が寝落ちた美春を部屋の隅に運び、酔っぱらいたちからガードしてくれていたのだという。

「ミーシャが寝てるとみんなちょっと様子がおかしくなるんだよなー。なんなの、なんかヤバいフェロモンでも出してんの？」

「出してないよ……！」

ぶんぶんかぶりを振ると、「だよなあ」と言いながらジョッキを傾ける。いまごろ気づいたけれど彼の周りには大量の空になったジョッキが並んでいて、涼しい顔してかなり飲んでいるっぽい。

「……そんなに飲んで大丈夫？　信吾、いつも五杯くらいだったじゃん」

「大丈夫。つうか、これまではミーシャを飲み会に誘った責任者として俺は自分が飲む量をセーブしてきたわけよ。今日は素面《しらふ》なうえに彼女持ちの郡司がミーシャ担当になってくれたから存分に飲めたわ。さんきゅーな」

「いえ。……俺でよかったら、いつでも呼んでください」

「マジかよ～。おまえほんといいやつ！」

がしっと崇将の肩をハグした信吾はその場でスマホの連絡先を交換した。

「ほら、ミーシャも」

促されて、美春も思いがけずに崇将の連絡先をゲットしてしまう。これ以上好きになっても仕方ない相手なのに、距離だけはこの数時間で一気に縮まった。

他大学の崇将と会う機会なんて本来ならそうそうないはずなのに、彼がいると「寝落ちる危険があるミーシャ」の世話を任せられる成功体験を得た信吾は、飲み会があると遠慮なく連絡を入れるようになった。

断ればいいのに、崇将はバイクでフットワーク軽くやってくる。いつしか飲み会でのミーシャの世話係みたいなポジションになってしまった。ちなみにお酒を飲まない彼の参加費用は信吾の計《はか》らいで割安になっている。本人は「そのぶんメシ食ってるからいいのに」と言うけれど、女の子たちを集めるのにお役立ちな「ハーメルンのミーシャ」専用ガードマンへのささやかな給与代わりとして飲み会のメンバーにも認められているとのこと。

美春が飲み会に参加しなければ彼を呼び出さずにすむものの、友人たちに「ミーシャが来ないと女子の参加率が悪いんだって」と泣きつかれたら断れないし、崇将に会える機会をなくしたくない。

そうこうしているうちに夏が秋になり、事態が少し変化した。

崇将が彼女と別れたのを知ったのだ。

別れたのは夏だったらしいのだけれど、いつものように飲み会の席で、話の流れでたまたまそのことを聞いたとき、不謹慎にも美春は内心で喜んでしまった。すぐに反省して、自己嫌悪に陥《おちい》ったけど。

「崇将をフるなんて、もったいないことするね。俺だったら絶対離さないのに」

本心を混ぜた慰《なぐさ》めの言葉に、彼はほのかに笑った。

「見る目があったからほかに行ったんだと思いますよ。どうも俺、恋愛自体が面倒くさいみたいで」

「面倒くさい……？」

「告白を断るのも面倒だから付き合うって感じでやってきたんですけど、これまでは特に感情が動いたことがなかったんです。最近ようやく、自分から労力を割《さ》きたくなる相手じゃないと無理だって気づきました」

真顔での発言は、これからは感情が動く相手——彼が自分から好きになれた女性とのみ付き合うということだ。いまの口ぶりからして、当分は新しい彼女はできないだろう。

好きにならないようにしたいと思っていても否応なく恋に落ち続けていた美春としては、二回目の失恋が猶予《ゆうよ》された気分でほっとした。

それからは彼女への遠慮もなくなり、たまに飲み会の席以外でも会うようになった。お互いの買い物に付き合ったり、一緒にご飯を食べたり、それぞれの部屋を行き来したりという、ごく普通の友人関係だ。

崇将といるのは楽しくて、ドキドキして、幸せだった。

一緒にすごす時間が増えるほど恋心も増してゆく。それが少しだけこぼれてしまったのは、大学三年の八月末、彼の二十歳の誕生日だった。

「実家から成人の祝いにって日本酒が送られてきたんで、一緒に飲みませんか」という誘いを受けた美春は、「飲む！」と即答した。

原材料のお米も水もおいしい東北のお酒はおいしいに決まっているけれど、それよりなにより二十歳の誕生日なんていう記念日を一緒にすごせるのがうれしい。

ケーキを買って彼の部屋に行き、ちょっといいお肉で焼き肉をして、彼にとって初めてのお酒のお相伴《しょうばん》に与《あずか》った。見た目のイメージを裏切ることなく崇将はアルコールに強く、初《しょ》っ端《ぱな》から「うまいですね」ときりりとした味わいの日本酒を楽しんだ。

おいしいお酒と幸せな気分でつい美春も飲みすぎてしまい、気づいたら寝落ちていた。ふと目が覚めたら彼の膝を枕にしていて、「またやってしまった……」という申し訳なさと、好きな男に膝枕してもらえた喜びとでちょっと固まる。

見上げたら、美春が起きたことに気づいた崇将に見下ろされた。煽《あお》りで見ても本当に格好いい。好きすぎる。

酔わないとはいえ、寝起きのゆるゆる理性とアルコールの組み合わせはさすがにまずかった。日本酒に濡《ぬ》れた形のよい唇から目が離せなくなった美春の口から、無意識に心の声が漏《も》れてしまう。

「……キス、してみたいなあ……」

彼が驚いた様子で眼鏡の奥の目を瞬いて、はっとした美春は慌てて体を起こす。

「やっ、いまのナシ！　なんか変なこと言ったけど、俺、欲求不満？　なのかも……っ」

真っ赤になってあわあわとごまかそうとしたら、グラスを置いた彼がさらりと言った。

「します？」

「へ」

「キス。試《ため》しに」

試しに、という言葉は魔法だった。本番じゃない。本気じゃない。ちょっとした悪戯みたいなもので、嫌ならやめていいし、それで気まずくなることも……きっとない。

心臓が飛び出しそうなくらい跳ね回っていたけれど、思いきって平気なふりで頷いた。

「……じゃあ、試しに」

崇将が体ごとこっちを向いて、大きな手でそっと頬を包みこまれた。鼓動がますます速くなる。じっと見つめられると緊張のあまり逃げ出したくなって、でもそんなもったいないことはしたくなくて、美春はきゅっと目を閉じた。

唇に吐息がかかって、あたたかくてやわらかなものが触れる。それが彼の唇だなんて信じられないのに、たまらなくうれしい。重ねているだけなのにぞくぞくする。

もっとくっついていたかったのに、ゆっくりと一度押しつけたあとに崇将が顔を離した。

「……どうでした？」

聞いてくる彼は、実験の結果を待つときのような真剣な面持《おもも》ちだ。つまりいまのは、好奇心からお試しのキスにのってくれたのだろう。

名残《なごり》を惜しむように無意識に唇を舐《な》めて、美春は小さく笑った。

「よかった。キスって、男も女も変わらないね」

「そうですね」

同意した彼が再びグラスを手に取り、日本酒を口に運ぶ。淡々とした態度はさっきのことなんかなかったみたいで、じりっと胸の奥で何かが焦《こ》げた。

「………俺ね、男が好きみたい」

言わなくてもいいことを言ってしまったのは、少しでいいから意識してほしい、と思ってしまったからかもしれない。

でも、言った直後に後悔した。いまのは酔っぱらいの冗談にしても「普通」じゃない。気持ち悪がられたらどうしよう、早くごまかさないと……と焦っているのに、彼がこっちを見たら頭が真っ白になってしまった。

固まっている美春と目を合わせて、彼が口を開いた。

「そうですか」

……コメントは、たったそれだけ。特にいやがるでも、それ以上突っこんでくるでもなく、美春的爆弾発言を崇将はただありのままに受け入れてしまった。

彼らしいといえば彼らしいけれど、ものすごく拍子抜《ひょうしぬ》けした。緊張の反動で脱力感さえ覚える。

「……崇将は？」

彼が注《つ》いでくれたグラスを再び傾けながら、美春は半ばあきらめの境地で聞き返す。

検討するように少し考えこんだ崇将が、淡々と言った。

「男が好きかと言われたら、特に興味ないです」

わかっていたはずなのに、思いっきり殴《なぐ》られたようなショックを受けた。何かとやさしくしてくれる彼に無意識に期待をしていたせいかもしれない。

「あ、でも……」

美春に目をやった彼が何か言いかけたけれど、いまは何も受け止められない。それ以上聞かなくていいようにとっさに美春は話題を変えた。

「この前ネットで見かけたおつまみ、おいしそうだったんだよね。作ってみない？」

唐突《とうとつ》さに少し戸惑った様子を見せたものの、何か思うところがあったのか崇将は頷いた。

内心の動揺を押し隠して、彼と一人暮らし用の狭いキッチンに立つ。変なことを言ったにもかかわらず、いつもと変わらない態度にほっとした。

（……好きになってもらえなくても、気持ち悪がられたり、避けられたりしないだけで十分だよね）

恋愛が面倒なうえに、同性に興味のない崇将に好きになってもらうのは絶望的だけれど、フラットであるがゆえに彼は美春を排除しない。

そばにいて、好きでいさせてもらえるだけでも同性相手としては幸運だ。

そう自分に言い聞かせて欲張らないように気をつけているのに、意外と面倒見がよくてなんでも受け入れてくれる崇将に彼を求める想いは恋心と共に積もり続ける。

そうしてそれは、十一月にとうとうあふれてしまった。

友人たちに誘われてひさしぶりに大人数での飲み会に参加した美春は、少し飲みすぎていた。楽しかったからじゃない。ジェラシーのせいだ。

今夜の飲み会は主催がインカレのイベント系サークルで、就活の人脈作りにも役立つという触《ふ》れ込《こ》みだった。ちなみに美春自身はすでに内定をもらっている。撮影現場で知り合った世界的モデルでセレクトショップも経営しているＳＩＮＯ《シノ》が「服が好きなのにモデルになりたいわけじゃないの？　じゃあうちくる？　ミーシャの仕事ぶり好きだし、センスもいいから大歓迎だよ」とスカウトしてくれて、彼がディレクションしているショップとブランドのファンだった美春は「お願いします」と即答して卒業後のルートが決まっていた。

今回参加したのは友人たちの誘いを断れなかったのが半分、一歳下の崇将が早めに人脈を作れたらいいと思ったのが半分だ。でも、失敗だった。

もともと崇将はモテる。愛想はまったくないけれど礼儀正しい長身の男前、しかも学部的に将来性もばっちり。執事のようにさりげなくミーシャの世話をやき、本格的な就活に入っていないからこそのガツガツしていない態度が女性陣の目には魅力的に映《うつ》ったようで、ひっきりなしに声をかけられて色っぽいアプローチまで受けていた。

胸のもやもやを流したくて次々カクテルを飲んでいたら、見とがめた崇将に「もう帰りましょう」と断固とした口調で促されてしまった。会場を抜け出し、いまは夜道をふたりで歩いている。

「今日は寝落ちなくてよかったです」

「……ん、いつもごめん」

自己嫌悪もあってうつむいたまま謝ると、崇将が足を止めた。頰に手を添えて顔を上げさせられる。

「もしかして眠いです？」

「え」

「さっきからほとんどしゃべってくれないので。歩きながら寝落ちることもありますか？」

「さ、さすがにそれはないと思うけど……」

ふむ、と彼が少し考える顔になった。

「……過去にないからといって起こらないとは限らないですよね。突然倒れたら危ないので、どうぞ」

すっとしゃがんだ彼に背中を向けられて、目を瞬いた。

「えっと……、おんぶしてくれるってこと？」

「はい」

普通に考えて、百八十センチ近い男子大学生をおんぶして帰ってやろうなんて思わない。いくら細身でも重いだろうし、夜とはいえ人通りの多い繁華街では悪目立ちする。

でも崇将は、唐突に寝落ちる美春を心配して、その対策としてこういう提案を自然にしてくれるのだ。

（ほんと、やさしいなあ……大好き）

きゅううっと胸が苦しくなって、あふれる想いを抑えきれずに美春は自分に向けられた広い背中を抱きしめた。そのまま崇将が美春を背負って立ち上がる。体幹がしっかりしている彼はよろめくこともなく、安定感のある足取りで歩きだした。

親しくなって一年以上たつけれど、こんなに全身で密着したのは初めてだ。鼓動が伝わってしまうんじゃないかというくらいに体中で響いても、ふたりともコートを着ているからたぶん大丈夫。

いつもよりゆっくりした歩調は、重いからというよりは美春を揺らさないためだろう。

好きがあふれてどうしようもなくなる。

言うべきじゃないとわかっていても、言わないままも苦しくて、聞こえなくてもいいつもりで小さく呟いた。

「……好き、なんだけど……」

「俺も好きですよ」

聞こえたかどうかを緊張して待つまでもなく、落ち着き払った声で返事がきた。その態度には戸惑いも迷いも一切なし、歩調も安定している。

(あー……これ、違うやつだ)

正しく伝わらなかったことを理解して美春は苦笑する。

好きは好きでも、彼のは明らかに友達としてのライクだ。美春の「好き」とは意味も重さも違う。

（でもまあ、崇将は恋愛にも同性にも興味ないんだもんね……）

そう思えば、友達としてでも「好き」をもらえたのは上々だ。恋人じゃなくても、きっと彼にとっていちばん近くて親しいポジションということだから。

失恋ともいえないような告白失敗体験をして、美春は二度と彼に「好き」と言わないことを心に誓《ちか》った。一度目は友情だと思われても、何度も言ったらきっと恋情だと気づかれてしまう。

その代わり、してほしいことは言ってみることにした。

淡々としているわりに面倒見がよくて鷹揚《おうよう》な崇将は、リクエストしたらたいていのことはやってくれる。キスでさえ試しにしてくれるくらいなのだ。どこまでが許容範囲なのか、少しずつ確認していけば友達のポジションでこっそり恋人っぽいこともできるかもしれない。

目論見《もくろみ》は成功して、大学四年の春には美春から誘えばキスしてもらえるようになった。ちなみにディープキスも可だった。

さらに、濃厚なキスでお互いに勃《た》ってしまったら「一緒に抜きますか？」と思いがけずに抜き合いまでできるようになった。

同性に興味がないならあんなものにさわるのは嫌なのでは……と心配したのだけれど、自分にも備《そな》わっている馴染《なじ》みのある器官だからか、崇将はまったく躊躇《ためら》うことなく美春のものを愛撫《あいぶ》する。とはいえ、はっきり見えると彼が萎《な》えてしまうかもしれないから、抜き合うときは明かりを暗くして、眼鏡をはずしてもらうようにした。

快感を共有するようになったら、これ以上ないと思っていた「好き」がさらに増して、独占欲まで湧いてしまった。

美春が大学を修了して就職したら、生活サイクルが変わってこれまでのようには頻繁《ひんぱん》に会えなくなるかもしれない。そんな不安にも後押しされて、卒業を控えた大学四年の冬、美春は思いきって崇将にルームシェアを持ち掛けた。

いつも落ち着いている彼の返事は、これまたいつものように淡々とした了承だった。鷹揚《おうよう》にもほどがあるけれど、美春にとってはラッキーだ。

ふたりで部屋を探し、それぞれが私室をもてる2LDKの賃貸マンションに引っ越した。社会人になる美春が家賃を少し多めに払って光熱水費を引き受けると主張したら渋《しぶ》られたけれど、彼に家事を多めに任せるということで妥協してくれた。

一緒に暮らすと嫌なところや駄目なところが見えて恋心が冷めることも多いらしいのに、崇将に関しては全然そんなことなかった。どんなときも格好いいし、駄目なところなんてひとつもないし、美春がいやがることは絶対にしない。困るくらいに惚れ直す一方だ。

なんでもさらりと引き受けてくれるから、誕生日のプレゼントに「何がほしいですか」と聞かれたときについ欲が出てしまった。

「……男同士のえっち、試してみたいんだけど……」

　これが誕生日プレゼントでいいのかというセルフツッコミには耳をふさいで、思いきってねだってみたら、さすが崇将だった。

「わかりました」といつものようにあっさり頷いて、美春の願いを叶えてくれたのだ。しかも、それとは別に物質的プレゼントとして「美春さんが気に入っていたので」と彼の地元の銘酒を取り寄せてくれたという大盤振る舞い。男同士ならではのロマンティックさのかけらもないプレゼントでも、その心遣いがうれしかった。

　何年たっても彼への「好き」は減らない。むしろ増える一方だけれど、鷹揚さで美春の希望を叶えてくれてばかりの崇将の負担にだけはなりたくないなと思っている。

◇◇◇

　そっと自分の名を呼んでいる低い声に意識を引き寄せられ、美春は夢の中からすくい上げられる。なんとか目を開けると、大好きなひとの凜々しい顔が間近にあってふにゃりと顔がゆるんだ。

　ふ、と崇将が笑う。

「こんなところで寝ると風邪ひきますよ。お風呂は明日にして、もう寝ます？」

「おふろ……？」

ぼんやりと繰り返して、はっとした。ようやく完全に目が覚める。のぞきこんでいる崇将にどぎまぎしつつ身を起こして、ゆるゆるになっていた顔を急いで整えた。頬をさするふりでこっそりよだれの確認もする。よかった、流出事故はなし。

「いつの間にか寝ちゃってた……。起こしてくれてありがと」

「いえ」

「じゃ、俺もお風呂入ってくるね」

気の抜けた寝顔を見られた照れくささを振り切るように勢いよく立ち上がったら、さっきまで横になっていたせいかくらりと立ちくらみを覚えた。

「……っと」

ふらつきかけた体を即座に抱き留めてくれたのは崇将だ。湯上がりの彼の体は薄手のジップアップタイプのフーディとスウェットごしでも湿度を帯びていつもより熱く、清潔な香りと逞しい感触に包まれてどっと鼓動が速くなる。

「大丈夫ですか」

「う、うん」

頷いたものの、この密着具合はまずい。寝起きで理性がゆるくなっているせいで本能的な欲望を煽られてしまう。——好きなひとにもっとくっつきたい、と。

ちらりと目を上げたら、間近で視線が絡んだ。お風呂上がり直後の崇将は眼鏡をかけていない。何にも邪魔されない、まっすぐな視線は特別なときしか見られないものだからこそ、体の奥がきゅんと反応してしまう。

こくりと唾を飲んで、美春は小声で切り出した。

「あのさ……、今日、疲れてる……？」

「いえ。したい気分なんですか」

遠回しに投げたボールをズバンとストレートに返されてしまった。一瞬息を呑《の》んだけれど、これぞ崇将。半《なか》ばやけになって美春は頷く。

「うん、したい」

「わかりました。準備、手伝いましょうか」

「い、いらないって、毎回言ってるじゃん」

「でも、大変なんじゃないですか？　任せてもらえたら俺がやりますけど」

「大丈夫……っ」

このままだと顔が赤くなってしまう。面倒見がよすぎる同居人から体を離し、美春は急ぎ足でバスルームに向かった。背中に声をかけられる。

「俺の部屋でいいですか」

「う、うん、よろしく」

「了解です」

これからすることに似つかわしくない落ち着いた声と態度は、美春と正反対だ。こっちは心臓が跳ね回って変な汗もかいているのに。彼の後に入浴することにしておいてよかった。女性相手なら不要な手間をかけるのは申し訳ないし、同性相手なのを実感して我に返ってほしくもない。

だから美春は、毎回自分で準備する。

冷静な状態であらぬところをほぐすのは羞恥が強くて、気持ちよさなんてない。苦手な行為だけれど、崇将に抱いてもらうためだと思えば頑張れる。

(自分の指だと全然なのに……、崇将のだと、なんであんなになっちゃうんだろ……)

ボディソープのぬめりを借りながら準備しつつ、美春は心底不思議に思う。

普段はつつましく閉じている場所は、崇将に関してはとても貪欲になる。与えられる刺激をすべて快感に変えて、とてもじゃないけど入らないような太くて長い熱を喜んでほおばって、もっとと欲しがるはしたない器官になってしまう。

(呆《あき》れられてないといいけど……)

崇将の態度からその内心は窺《うかが》い知れない。何年もそばにいるからほかの人よりは彼の表情が読めるつもりだけれど、自分のことが絡むと都合のいい解釈をしている気がするからわからなくなるのだ。

体のすみずみまで磨きあげてから、ようやく美春は崇将の部屋に向かった。

いつでもどうぞといわんばかりに開け放してあるドアを軽くノックして中をのぞきこむと、崇将はベッドに腰かけてタブレットを使っていた。真剣な表情からして研究用の論文でも読んでいるのだろう。

(あ、忙しそう……)

邪魔するのは悪いな、とこっそりきびすを返そうとしたら、気づかれてしまった。

「準備できました?」

「できたけど……、あの、今日はやっぱり……」

「じゃあ、しましょうか」

遠慮しようとしたのに、さくっと宣言した彼がタブレットを置いて立ち上がった。ためらいもなくフーディのファスナーを下ろして脱いでゆく。

「や、あの、崇将……っ」

「はい」

上半身を惜しげもなくさらした崇将がこっちを見る。視線がまっすぐに、獲物《えもの》を捕らえるように美春の胸を射貫く。

求めに応えてくれているだけだというのは、わかっている。でも、彼の視線はいつだって強くて、求められているような気分になってしまう。

それに、サイドテーブルには彼が用意してくれた品々——専用のローション、コンドーム、ウェットティッシュ、タオル、ドリンクボトルなど——が並び、シーツの上には大判のバスタオルまで敷《し》かれている。ここまで万端《ばんたん》にしてもらっておいて中止するのもいまさらだ。

こくりと唾を飲んで、落ち着いているふりできちんと片付いている室内にお邪魔した。

「……なんでもない。電気、消していい？」

「完全に消すのはやめてください」

注文に頷いて、間接照明に切り替える。

最中の顔や体を見られたくない美春としては真っ暗にしてほしいくらいだけれど、「見えないといろいろ不便なんで」と言われたら強要はできない。とりあえず、眼鏡をはずした状態で薄暗かったらあまり見えないということなので、先に眼鏡をはずしてもらった。

薄ぼんやりとした明かりの中、崇将の許《もと》にドキドキしながら歩いてゆく。

長身の前に立って、高鳴る胸に震えそうになりながらも美春は湯上がりに羽織った薄手のバスローブの紐《ひも》をほどいた。

はらり、と前が開き、何も身に着けていない体が隙間からのぞく。恥ずかしいけれど、崇将にじっと見つめられるだけで美春の体は簡単に反応してしまう。

だからこそ見られないように大きな手を取ってベッドに引っぱろうとしたら、逆に引き寄せられた。包みこむように抱きこんだ彼にローブを落とされ、ゆっくりと押し倒される。

震える息をついて見上げた美春と視線を合わせた彼が、いつもの問いを発した。

「明日のシフトは？」

「……早番」

「じゃあ、一回だけにしましょうね」

「……ひさしぶりだけど、崇将はそれで足りる？」

「大丈夫です」

淡々と答えた崇将の言葉が本当かどうか、美春にはわからない。

ボランティアのセフレとして抱いてくれる崇将は、いつも美春の希望を叶えてくれるばかりで彼自身の欲望には一切付き合わせてくれないから。

（ほかの誰かを抱かれたりしたら、いやなんだけどな……）

それくらいならぜんぶ自分で発散してほしい。ひとりじめしたい。余所見《よそみ》なんてできないくらい夢中にさせたい。――体だけでもいいから。

見上げている崇将の端整な顔が近づいてきて、唇が重なった。凛々しく引き締まった唇は見た目よりずっとやわらかく、官能的だ。

無意識に唇が開いたら、誘われたように舌が入ってきた。

「ん……」

艶《なま》めかしく濡れたもので口内を愛撫されるとぞくぞくして、抑えきれない甘い声が鼻から抜けてしまう。男の甘ったるい声なんて聞かせたくないのに、学習能力が高いせいか崇将は美春が声を漏らさずにいられない場所を、美春好みのやり方で的確に刺激してくる。

キスだけであっという間に体温と感度が上がり、熱を帯びていた体の中心が完全に形を変えてしまった。気づかれたくなくて腰を逃がそうとしたのに、逆にぐっと彼の腰を押しつけられる。ごり、と自身を嬲《なぶ》る熱の硬さに鼓動が速くなった。

（よかった、崇将のも勃ってる……）

セフレになってから何度も抱いてもらっているのに、美春は毎回、彼のものが反応しているとほっとしてうれしくなる。

もっと気持ちよくしてあげたくて彼のものに手を伸ばそうとしたら、途中で摑まってベッドに縫い留められた。

「今日は一回だけなので、悪戯は駄目です」

「い、いたずらって……」

そんなつもりじゃ、とじわりと顔が熱くなると、崇将が低く笑って染まった頬を軽く嚙《か》む。

びくっとしたら唇が移動して、再び深く口づけられた。

「ん……っ、んっふ……っ」

舌を絡めるキスで美春の言葉を奪いながら、熱っぽい手で細くしなやかな体の感度を呼び起こすようにあちこち撫《な》でてくる。片手はベッドに押さえられたままで、不自由さがやけに興奮を煽った。

（すごい、気持ちいい……）

「じゃあ、しましょうか」なんて感情ゼロの口調で開始を告げて、仕事の一環であるかのようにさっさと脱いで、冷静に美春の翌日の予定を確認して回数を決めるのに、彼の手は全然ビジネスライクじゃないし、淡々としていない。

まるで壊れやすい宝物に触れるかのように丁寧に、大事に、慈《いつく》しむように美春の肌に触れる。反応を見ながらとにかく快楽だけを与えてくれる。繋がるときも同様で、崇将に抱かれるのはひたすら気持ちよくて幸福感に包まれる。

最初からそういう抱き方をされているから、たぶん崇将のスタイルなのだろう。

淡々とした態度とのギャップにめちゃくちゃときめくし、美春と同じように元カノさんたちもやみつきになってしまったのでは……と思うけれど、無駄な嫉妬はしたくないから崇将には何も言わない。

しっとりと汗ばんだ肌を味わうように撫でていた大きな手が、ぞくぞくしている背筋を下へと伝って双丘のあわいに向かった。

「た、かまさ……っ、そこ、もう、準備できてるから……っ」

「確認しますね」

そんなとこ弄《いじ》らなくていい、と言うより先に、ぬるりと指先があらぬところに触れる。ひどく濡れているのは、張りつめている美春の前から伝った雫《しずく》のせいだけじゃない。少しでも手間をかけないようにとバスルームで中にローションを仕込んできたからだ。

漏らさないように懸命に閉じている場所を指先で軽く揉まれると、言いようのない快感がそこの力を奪ってしまう。ひくんと蕾《つぼみ》がほころんで、とろりとあふれそうになったローションを中に押し戻すようにゆっくりと長い指が入ってきた。

「ん……っふ、はぁ……っ」

自分で準備するときは違和感しかないのに、キスと愛撫で感度を上げられているせいかぞくぞくしてたまらない。濡れた声が漏れ、歓迎するように彼の指に内壁が吸いつく。

中の具合を確認するように崇将がゆっくりと抜き差しした。

「きつくないです?」

「へ……きっ、から、早く……っ」

「まだ俺のは無理です。指、増やしますね」

「んん……っ」

頷いたのかあえいだのか自分でもわからない声を漏らすと同時に、小さな口を拡《ひろ》げられて中の圧迫感が増した。

「へいき、だってば……っ」

「美春さんすぐそう言いますけど、もっとやわらかくなってないと最初つらそうなんです。

あなたが気持ちよくないと俺も気持ちよくないので、すみませんが俺が納得できるまで我慢してください」

そう言われては拒めない。美春が締めつけすぎると彼も痛いのだろうと理解して、瞳を潤ませて頷く。

「ごめん……」

「なんで謝るんですか。大変な思いをしてるのは美春さんなのに」

少し困ったように笑った崇将の声と眼差しがひどくやさしくて、きゅうんと胸が甘く痛む。

手間をかけさせるのは申し訳ないのに幸せで、全身がいっそう感じやすくなる。

じっくりと丁寧な愛撫で中までほぐされ、いつしか長い指を抜き差しされるだけで達してしまいそうなほど感じるようになっていた。

「もう、も……っ、崇将……っ、お願いだから……っ」

「ん……、そろそろよさそうですね」

ようやく納得したらしい崇将が長い指をずるりと引き抜いた。それだけでびくびくと身を震わせる美春の染まった耳に、低く聞いてくる。

「前から？　後ろから？」

「……うし、ろ……っ」

息を乱しながらも答えたら、「わかりました」と彼が美春の体をすっぽり抱くようにして裏返した。

「腰、上げて」

「ん……」

震える膝をなんとか立てるものの、上体はもう崩れたままだ。伸びをする猫のような格好は淫《みだ》らになっている秘所が崇将から丸見えになってしまうのが恥ずかしいけれど、彼が眼鏡をしていないから耐えられる。

ぐったりしている美春の上で崇将が体を伸ばし、準備してあったコンドームをひとつ取り上げた。生真面目《きまじめ》な彼は、初めて美春を抱く前に男同士のやり方をきっちり調べたとのことで必ず使うのだ。

「ね……、それ、付けないでしてみたくない……?」

ダメ元で誘ってみたら、いつものようにあっさり却下された。

「中に出すと美春さんのおなかが痛くなるらしいんで、駄目です」

「あとでちゃんと洗うから」

我ながら必死かも、と思うものの、一度でいいから好きな男の熱を直接感じてみたくて言葉が勝手にこぼれる。

場所が場所だけにゴムなしは嫌な可能性があるけれど、崇将は少し考えるように動きを止めた。

すっかりほとびてひくひくしている場所に、ぬちゅりと熱の先端を押し当てられる。期待に胸が高鳴ったのに、囁《ささや》かれたのは思いがけない交換条件だ。

「後始末を俺に任せるなら、いいですよ」

「んっ……、そ、それはダメ……！」

「じゃあ却下です」

腰を引いておあずけにした崇将がパッケージを破る。一瞬だけ感じた灼《や》けるような熱さが恋しくて蕾がきゅんきゅんする。

「崇将ぁー……」

「……そんな顔しても、駄目ですよ」

苦笑混じりで言って、手早く準備を終えた彼が再び背中に大きな体を重ねてくる。ひくついている蕾に触れた熱はまぶされているゼリーのせいかさっきと感触が違って、奥までほしいのに、ごく薄い膜があるという事実にもどかしさも覚える。

（でも、よくばったら駄目だよね……）

抱いてもらえるだけでも幸せなのに、彼がくれる以上を欲しがるのは贅沢だ。

「入りますね」

「ん……」

細い腰を抱いて支えられ、ゆっくりと中に太くて硬いものが押し入ってくる。

「はぁ……、あ、あぁー……」

熟《う》れきった粘膜をこすりあげながらいっぱいに満たされてゆくのがたまらなく気持ちよくて、吐息と共に感じ入った甘い声が抑えようもなく漏れた。

は、と熱い息を吐いた崇将が褒めるように腰を撫でる。

「……快《よ》さそうですね」

「ん……、でも、まって……っ」

内部の泣きどころに差し掛かるのがわかって止めると、息を乱しながらも崇将はちゃんと止まってくれる。

「もうイきそう？」

「……うん」

挿入されるだけでこんなふうになってしまうなんて、我ながら淫乱な体が恥ずかしくてたまらない。でも、嘘《うそ》をついても無駄だから全身を染めて頷く。

ふ、と崇将が笑った気配がした。

「我慢しなくていいですよ」

「だ……って、俺が出したら、崇将、抜いちゃうじゃん……」

「イったあとも俺に付き合わされると、大変でしょう」

「大丈夫だって、いつも言ってる……」

「でも、気持ちよすぎると美春さん、すごく泣くでしょう」

「う……」

「明日は早番なんですよね？」

「……ハイ」

崇将の言うとおり、吐精したあとに中を嬲られ続けると快感が強すぎて美春は情けないくらい泣いてしまう。気持ちよすぎるだけとはいえ、翌日目がはれぼったくなったり、顔がむくんだりする。

不細工《ぶさいく》な顔で店に立たなくていいようにと気遣ってくれているのはわかっていても、自分だけ満足させてもらうのは嫌だった。

「……出すのは、崇将と一緒がいいんだけど……」

「先に中でイきたいってことですか」

「……うん」

具体的に恥ずかしい確認されて真っ赤な顔で頷くと、くしゃりと髪を撫でられた。

「わかりました。任せてください」

頼もしい返事をした彼が、美春の腰を摑んでいた手を下へすべらせる。

「ああ……、もうぬるぬるですね」

だらしなく雫をこぼしている美春の果実に指を絡めて、限界間近なものの状態を確かめるようにゆるく手を上下させる。

「ひぁっ、あッ、だめ、手、動かさないで……っ」

「ン……、すみません」

びくびくと身を震わせた美春の内壁がうねり、先端をしゃぶるようにして締めつけられた崇将が息を呑んで手を止める。

ひとつ息をついて、美春の根元に指を回した。簡単に出せないようにきつく縛《いまし》められ、痛みと快感を同時に覚える。

「つらくなったら言ってください」

「うん……、ありがと、崇将」

首をひねって背後の彼にお礼を言ったら、じっと見つめた崇将がすっぽりと美春を抱きこむようにして唇を重ねてきた。

「ん、ふ……っ」

口内に舌が入ってくるのと同時に、途中まで埋めこまれた彼のものも侵入を再開する。上でも下でも淫らに濡れた音がたって、鼓膜まで嬲られる。

ゆっくりと抜き差しを繰り返しながら奥へ奥へと入ってくる熱塊は、的確に泣きどころを抉《えぐ》ってくるからたまらない。きつく縛められているのに先端からたらたらと蜜が滴《したた》った。

トン、と奥の粘膜にやさしくぶつかる感じがして、ようやくキスがほどけた。

「大丈夫ですか……?」

「は……っ、はぁっ……ん、うん……」

「少し待ちますね」

「ん……、ありがと……」

息切れしている美春のためにインターバルをくれるやさしさに感謝したら、汗に湿った髪をくしゃりと撫でられる。感度が上がりきった体にはそれすらも気持ちよくて、頭皮からざわざわと快感が渡って甘い声が漏れた。

「美春さん、全身感じやすいですよね」

「……そんなことないよ」

「こんなのに、自覚ないんですか? ほら、ここも」

シーツと胸の間に大きな手がすべりこんできたと思ったら、とがりきった小さな突起を指先できゅっとつままれた。

「めちゃくちゃ感度がいいのに」

くりくりと指の間でころがすようにされると、止めようもなく嬌声《きょうせい》が口からこぼれて体が跳ねてしまう。その動きが中をいっぱいに満たしているものによる快楽を生んで、あちこちの快感が呼応して指先まで痺《しび》れる。

「やぁあっ、や、たかまさ……っ、なか、して……っ」

「……胸、弄ると中まで影響あるの、本当に……っ」

低い呟きの後半は聞き取れなかった。内壁を強く摩擦しながら引き抜かれてゆく太いものがもたらす快楽が強烈すぎて。

出て行くギリギリまで引いたそれが、再び押し入ってくる。ゆっくりした抽送。それが逆に、余すところなく快楽を丁寧に美春の粘膜と脳に味わわせる。

「あぁあっ、あぅ、ひぁあ……っ」

ひっきりなしにこぼれるあられもない声を少しでも抑えようと、力の入らない手の甲に口を押しつけたら、やさしくも確固たる意思をもって引き剝《は》がされた。指を絡めてシーツに縫い留められる。

「声、我慢しないでください」

「や、だ、だって……っ」

「だって、何です?」

返事をしようにも、快楽を与え続けられている状態ではもう頭がはたらかず、まともな言葉が出てこない。

「美春さん?」

ずん、と返事を促すように少し強めに奥を突かれて、押し出されるように出てきたのは素直すぎる言葉だった。

「きもち、よすぎるから……っ」

「気持ちいいなら、いいじゃないですか」

「だ……って、ヘンに、なる……っ」

「なっていいですよ。ちゃんと俺が、ぜんぶ面倒みてあげます」

強くしても大丈夫だと気づいた崇将が徐々に抜き差しの速度を上げてくる。それもひたすら気持ちよくて何も考えられなくなった。

出せないせいで身内に溜まった熱はもう限界なのに、容赦なくさらに快楽を積み上げられる。覚えのある感覚が体の奥からせり上がってくる。

内壁が痙攣《けいれん》しながらうねって、包みこんでいる剛直を絞りあげるように吸いつく。は、と崇将が熱く短い息をついた。

「なか、イきそうですね」

「うんっ、んっ、も、イく……っ」

こくこく頷くと、弱いところを的確に狙って腰を使われて目の前が激しくハレーションを起こした。

びくびくと全身を震わせて達するけれど、しっかり根元を縛められている果実はそのままだ。ずっと塞《せ》き止めきれなかった蜜が崇将の手を濡らしてはいるものの、射精はしない。

「……ン、よくできました」

大きく息をあえがせている美春を褒めるように、崇将がひくひくしている薄い腹を撫でる。内壁が過敏になっているせいか、その奥に埋めこまれているものの存在感がいっそう強烈で、脈打つのに合わせて内側から甘く痺れた。

自分を抑えるように深い呼吸を繰り返している彼は、イったばかりの美春の余韻《よいん》が落ち着くまでいつも動かない。それがわかっているから、美春は自分からとろとろに潤んだ瞳を彼に向けて続きを誘った。

「も……、うごいて、いいよ……?」

「まだきついでしょう?　なか、びくびくしてます」

「へいき……。崇将も、もうすぐ、でしょ……?」

「そうですけど、でも……」

「ね……、こんどは、いっしょに……、イこ……?」

彼にも気持ちよくなってほしい一心で告げた言葉は、美春が自覚している以上に淫らな誘い文句になった。

はあっと大きく嘆息した崇将が、ぐしゃりと黒髪をかき上げた。

潤んだヘイゼルグリーンの瞳を見返す彼の視線は強い。その瞳に強い欲望が燃えていることにぞくぞくと歓喜を覚える。

「ここ、自分で押さえてられますか」

「ん……」

痛いくらいに張りつめて濡れそぼっている自身の根元を縛めている指を、彼から自分のものに交替する。一瞬だけゆるんだ拘束に、とぷ、と先端からあふれたけれど、ずっと塞き止められていたから粗相には至らない。

「動きますね」

予告に頷くと、再び彼が深く力強い抜き差しを始める。イったばかりの過敏な内壁を嬲られて甘い悲鳴がこぼれ、彼のものから精を絞るようにそこがうねった。

きつく眉根を寄せた崇将が目を閉じて、低くうなるように呟く。

「すげえ……」

乱れた呼吸混じりの声が少しかすれているのが凄絶《せいぜつ》に色っぽくて、普段美春には向けられない言葉遣いにもきゅうんとなる。

体内までそれが伝わったのか、中のものがいっそうサイズを増した。

「……っ出します、美春さんのも……っ」

「ふぁっ？　あッ、あぁあ……ッ」

自身の根元を縛めている手に大きな手が重なって、少し強引に張りつめきったそこを扱《しご》かれる。無理やり塞き止め続けていたせいか勢いよくは吐精できなくて、最奥を突かれるたびに押し出されるように白濁があふれて下に敷いているバスタオルを濡らした。

中を抉る熱塊でまた達したのと、断続的な精の放出の終わりはたぶん同時だった。

ぐったりとつっぷした美春の背中に熱くて重たい体がのしかかってくる。せわしない呼吸さえシンクロするような密着具合が気持ちいい。

指先まで快感の余韻と幸せに満たされていたら、先に呼吸が整った崇将が離れてしまった。ずるりと中からも出て行ってしまう。

「ん……っ」

思わず身をすくめると、やさしく髪を撫でられる。それがふわふわと気持ちよくて、閉じたまぶたが上がらなくなった。

ふっと目を開けたら、温タオルで崇将に体を拭かれていた。

「ご……、ごめん……っ」

気持ちよくイかせてもらって自分だけ寝落ちてしまったなんて、赤くなったらいいのか青くなったらいいのかわからない。とっさに謝ると、まだ眼鏡をかけていない崇将に神妙《しんみょう》に返された。

「いえ。今夜は美春さん疲れていたみたいなのに、無理させてすみません」

「ぜ、全然……っ！　崇将、予告どおり一回しかしてないじゃん」

「でも、もっと早く終わってあげたらよかったです。ひさしぶりだったから、つい……」

眉を曇らせている彼は反省しているようだけれど、美春にとっては朗報だ。

つい興が乗ったというのなら、彼もこの体を少しは気に入ってくれているということのはずだから。

「いいよ。なんだったら、もっとする……？」

「なに言ってるんですか。明日早番でしょう」

苦笑混じりでベッドサイドに腕を伸ばした彼が、美春が愛用しているボディローションで保湿ケアまでしてくれる。丁寧でやさしいけれど、その手に淫らさはもうない。

だけど、本当にこのまま終わらせていいのだろうか。

彼が満足できていないほうが心配な美春は、勇気を振り絞ってもう一声がんばった。

「でも、崇将がしたいなら……」

「俺なら大丈夫です。そんなことより電気つけてもいいですか。いま俺、ほとんど勘だけで塗ってるんで」

「う、うん。あの、あとは自分でするから……っ」

羽毛布団にくるまりつつ頷いて、手だけ出してローションを受け取る。といっても塗るところはもうほとんど残っていない。

リモコンで間接照明から明かりを切り替えた崇将が眼鏡をかけて、布団で完全ガードしている美春に小さく苦笑した。あれだけ乱れておいて……と思われているのかもしれないけれど、下着を穿《は》いている彼と違ってこっちはすっぽんぽんだ。あの布一枚の差は大きい。

形ばかりの仕上げの保湿ケアを終えたら、ストロー付きのボトルを渡された。

「水分補給してください」

「あ、ありがと……」

ボトルの中身は崇将特製のハーブティーだ。香りがよくて喉にもいい各種薬草をブレンドして煮出したもので、さんざんあえいでいろんな水分を放出した身には染み入るようにおいしい。

喉を潤している間に崇将はテキパキと片付けを終え、清拭に使ったタオルやベッドに敷いていたバスタオルを抱えて部屋を出て行った。

広い背中を見送った美春の唇から小さなため息が漏れる。

（……「そんなことより」、なんだよなあ。崇将には……）

自分でいうのもなんだけれど、さっきの美春はめちゃくちゃ据《す》え膳《ぜん》だった。

抱かれたばかりで下ごしらえ不要の感度とお尻になっているし、まさしく一糸纏わぬ姿で彼の目の前に横たわっていた。

その状態で二回目をしてもいいよと言われても、崇将の心は動かないのだ。一瞬も迷うそぶりがないあたりに自分が彼にとって性的対象として魅力的じゃないのを思い知らされる。

（や、わかってるから！　それでも俺で気持ちよくなってくれてるだけで、十分だから！）

ぺしん、と軽く頬を叩いて気を取り直す。

淡々としているようで、崇将はすごくやさしい。

そのやさしさに甘やかされてつい多くを期待してしまいそうになるけれど、自分は彼の恋愛対象外だ。抱いてもらえても誤解したらいけない。

間もなく戻ってきた崇将が、まっすぐにベッドにやってきて美春の頬を手で包みこむようにして顔を上げさせた。心臓を跳ねさせて固まっていたら、真面目な口調で呟く。

「冷やさなくても大丈夫そうですね」

ぱしぱしと目を瞬いて、やっと気づいた。最中に気持ちよすぎて泣いていた美春の顔の現状を確認して、明日に備えるべきか検討していたのだ。

(もー……、ちょっと期待しちゃったじゃん)

セフレの時間は終わったのに、キスしてもらえるのかと思ってしまった。ほんの数分前に期待も誤解もしないぞと自分に言い聞かせたばかりなのに、彼に対してはどうしても欲張りになってしまう。

「それ、飲み終わりました?」

「ん、あとちょっと」

ハーブティーの残りを飲み干すと、ボトルを受け取った崇将がそれをベッドサイドテーブルに置いてベッドに入ってくる。セミダブルとはいえ、大柄な崇将と細身ながらも背が高い美春だとゆったり広々というわけにはいかない。

「あ、ごめん、狭いよね。俺、自分のベッドに……」

「いいですよ、このままで」

語尾に低い声が重なったと思ったら、すっぽり美春を抱いた崇将が問答無用で横になった。

わああ、と内心で喜びのあまりじたばたするけれど、事後は毎回一緒に寝てくれるから全然期待していなかったといったら嘘になる。

ひとりで寝るときは身に着けているパジャマどころか下着もないのは心許《こころもと》ないけれど、崇将もパンイチだ。素肌でくっつきあえるチャンスを美春は自分の手で握りつぶせない。

「電気、消しますね」

「ん」

「おやすみなさい」

「……おやすみ」

リモコンで明かりが消され、穏やかな闇に包まれた。数分もせずに規則正しい寝息が聞こえてくる。

(崇将、寝起きもいいけど寝つきもめちゃくちゃいいよねえ)

好きな男の腕の中で思わず美春は頰をゆるめる。

(ていうか、ほんとは疲れてたのかな)

疲れていたのに付き合ってくれたのなら申し訳ない。でも、抱いてもらえたのは気持ちよくてうれしかった。

（ほんと、やさしいな……大好き）

すり、と逞しい胸に頬を寄せたら、眠っているのに崇将はもっとしっかり抱き寄せてくれた。無意識でこういうことをしてくれるところも大好きだ。

（……いつまで、好きでいていいのかなあ）

許されるならずっと崇将だけを好きでいたいけれど、彼に好きなひとができたらあきらめないとな、と美春は思っている。当然体の関係も終わりだ。

（……勉強熱心で研究好きだし、就職したらいま以上に忙しくなるだろうし、恋愛も自分から行くタイプじゃないから……、なし崩しに、ずっと俺のでいてくれないかなあ）

なんてことを思っているうちに、意識が眠気に負けてきた。

逞しく大きな体にぴったりくっついて、ずっとこうしていられますようにと祈りながら美春は眠りについた。

【2】


ぱちりと、いつもの時間——午前七時五分前に崇将は目を覚ました。

起きた瞬間から意識はすっきりクリア、一瞬の迷いもなくベッドサイドテーブルに手を伸ばしてスマホのアラームを止める。念のためにセットしているけれど、アラームに起こされることはめったにない。

すぐにでも起きて活動できる寝起きのよさを誇る崇将だけれど、今朝はゆっくりとベッドにいるのを楽しんだ。

腕の中に、眠っていてもきらめく光の粒子《りゅうし》を纏っているような美しいひと——美春がいるからだ。

（……よかった、目許、赤くなってない）

確認してほっとした崇将は、じっくりと間近にある美貌に見入る。この距離なら眼鏡なしでも見えるし、眠っている間は照れて逃げたりしないから堪能し放題だ。

同衾《どうきん》した朝のひそかな習慣だったりする。

(美春さん、本当に綺麗だなあ)

透きとおるように白くなめらかな肌は陶器のようで、伏せられたまつげは驚くほど長く、綺麗な扇形をしている。ゆうべのキスでふっくらとはれて染まった唇はうっかり吸いつきたくなるくらいにおいしそうだし、寝乱れたやわらかな色合いの髪は美しくて愛らしい生き物をもふもふする感覚で撫でたくなる。

とても同じ男とは思えない。もはや同じ人類にカテゴライズするのも申し訳なくなるレベルの彼は、気まぐれに天から降りてきた人外――天使とか宇宙人とか――じゃないかという気さえする。

(これで中身まで完璧なんだから、最高すぎるよな)

誰もが振り返る美貌とスタイルをもちながら、美春には驕《おご》ったところがまったくない。素直でやさしくて謙虚な努力家。

仕事中は最先端の流行を取り入れたファッションと凝った髪型できらめく魅力を惜しみなく発揮しているけれど、オフの日は長めの前髪をクリップで留めて、ラフな格好で洗濯ものを鼻歌混じりでたたんでいたりする。オンとオフのどちらも魅力的で二倍おいしい。

崇将の手料理を幸せそうにほおばり、よく笑い、すぐ照れる。しかも、明らかに照れているのに頑張って平気なふりをしようとしているところとか可愛いがすぎる。

顔がゆるゆるに崩れてしまいそうだけれど、幸か不幸か崇将の表情筋には柔軟性があまりない。おかげで真顔を保っていられる。対人においては不愛想で不機嫌に見られがちなこの顔に不便することも多いが、「崇将の顔、いつもキリッてしてていいよね」と言ってくれている美春のイメージを壊さなくてすむならなによりだ。

いつまでも見ていたいけれど、そろそろ朝食の支度にかからなくては。

スマホで時刻を確認した崇将は、名残惜《なごりお》しさを感じながらもそっと美春から腕をほどこうとする。と、「んゃ……」とむずかるように小さな声を漏らした美春が崇将の裸の胸に頬をすり寄せてきた。……可愛い。可愛いがすぎる。

このままだと朝からうっかり抱きたくなってしまうが、今日は早番だと聞いているし、たとえそうでなくても本人の希望に沿わぬ負担をかけるわけにはいかない。なにより、この美しいひとは抱かれたあと色気ダダ漏れになるのだ。そんな状態で接客させるなど言語道断。

誘惑に負けるのは美春にも自分にもデメリットしか生まないのだ……と自らに言い聞かせていたら、美春がゆっくりと長いまつげを上げた。

「……たかまさ……？」

「はい。おはようございます」

「……おはよ」

寝起きの美春は眠そうにぽやぽやしているのが可愛いのに、無防備さがしどけなく色っぽい。清純かつ妖艶、さすがだ。

寝起き姿に見惚《みと》れていると、意識がはっきりしてきたらしい彼がはっとした様子で顔をそむけ、枕にうずめた。耳が赤い。よく見たら首までうっすら染まっている。

(何年たっても俺に寝起きを見られると照れるとか、可愛すぎないか……⁉)

思わず興奮のうなり声が漏れるところだった。

でも、可愛いからといってからかうような真似はしない。自分の言動が少々デリカシーに欠けているらしい、と自覚している崇将は、美春がいやがるような真似は絶対にしないように心がけているのだ。

ベッドサイドテーブルから眼鏡を取って、視界をクリアにしてから改めて様子を確認する。

「体調はどうですか」

「だ、だいじょぶ……」

ちらりとこっちに視線をやった美春が答える。

顔の赤さが照れなのか熱発なのか気になるし、できれば抱き起こしてあれこれ確かめたいところだけれど、発言を疑っていると思われたくはない。

離れがたい気持ちを振り切って、きびきびと体を起こしてベッドを出た。パンイチの体にとりあえず部屋着用のスウェットを穿く。

ふと視線を感じて振り返ると、ヘイゼルグリーンの瞳と目が合った。小さく肩を跳ねさせた美春がうろたえた様子で口を開く。

「ふ、服、俺が選んでいい？」

「もちろんです。お願いします」

「ん。……それの上、貸して」

羽毛布団にくるまったまますらりとした腕を伸ばした美春が要求したのは、崇将が着ているスウェットの上、薄手のジップアップパーカー――アパレル業界では近年フーディと呼ぶらしいが、そもそも正式には音引きなしで「パーカ」というらしいし、ファッション用語の変遷は早いから崇将は現時点では通用しやすい「パーカー」を採用している――だ。

もう何年も崇将に抱かれているにもかかわらず、全裸を見られるのを美春はいまだに恥じらう。愛《いと》しいにもほどがある。

ゆるみそうな頰に気をつけつつパーカーを渡すと、布団の中でもぞもぞと着てから出てきた。髪がくしゃっとなっているのも、身ごろがぶかぶかなのも、ヒップラインをぎりぎり隠す丈なのも凄《すさ》まじい破壊力だ。

思わず感心して見入っていると、パーカーの裾を恥ずかしげに下へとひっぱりながら美春が顔をしかめた。

「見すぎ」

「すみません。ちなみに美春さんの下着、新しいのがここにあります」

崇将が用意しておいた下着を目にしたヘイゼルグリーンの瞳が丸くなる。

「先に渡してくれたらよかったんじゃ……？」

「渡す前にパーカーを要求されたので」

「そうだけどさー」

ちょっとすねた、赤い顔で美春が下着を穿く。

脱いでゆくストリップもいいけれど、恥じらいながらプライベートそのものの姿を見せてくれるのもいいものだな……とじっくり眺めていたら、「だから崇将、見すぎだって！」と叱られた。

（そう言われてもな……）

心惹《ひ》かれるものをじっと見てしまうのは子どものころからの癖なのだ。ほぼ無意識でやってしまう。直そうと思って直せるものじゃないけれど……。

「嫌ですか？」

「え」

「見られるの」

本気でいやがっているならなんとかして矯正しなくては、と真剣な気持ちで聞いたら、目を瞬いた美春のなめらかな白い頬が染まった。長いまつげを伏せ、ヘイゼルグリーンの瞳を泳がせながら呟く。

「……や、じゃない、けど、恥ずかしいじゃん……」

「それは『嫌』とはどう違います？」

「うえ？」

「恥ずかしいけど嫌じゃない、というのは、見られること自体は許容しているということで間違いないですか？」

今後のためにも確認したら、なぜかいっそう顔を赤くした美春が小さく頷く。

「ということは、べつに見たら駄目ってわけじゃないんですよね？　この場合、問題は美春さんが恥ずかしくなるという部分にあるわけで、その対策をとるとしたら……」

「も、もういいから！」

「え」

「要するに俺の気持ちの問題ってことだよね？」

「あ、いえ、そこに結論づけたかったわけじゃないです。問題点がそこなら、美春さんがただ見られるだけで羞恥を覚えなくなるようにするのが解決策になるってだけです。そうですね……俺の視線に慣れればいいのなら、一日中裸ですごしてみるとか」

ひとりで全責任をかぶって終わりにしようとする美春に焦って思いついた具体例を挙げたら、「却下！」と真っ赤な顔で反対されてしまった。

「もう、ほんとに対策とか気にしなくていいから！　そのうち慣れるから！」

「本当に？」

五年も一緒に暮らしていて慣れていないのに？　という疑問が伝わったのか、ちょっと唇をとがらせて「……たぶん」と予測の確信が下がる。

「そんなことより、服！　今日の天気は？」

ウォークインクロゼットに向かいながらの問いに、スマホをチェックして答えた。

「晴れ、残暑が厳しくて最高気温は三十二度。最低気温は二十二度」

「暑いけど夕方は涼しい感じかなー。メインをTシャツにして……」

真剣な顔で服を選び始めた美春は、元読モで、社員になってわずか三年で店長に抜擢《ばってき》されただけあって崇将には理解できないレベルで服が好きだし、センスもいい。

本人が「お洒落は武装」と言うだけあって、無防備な姿も破壊力抜群な彼が、隙なくドレスアップしたときのキラキラオーラによる攻撃力はとんでもない。まばゆさで目を奪い、呼吸を忘れさせ、思考力をにぶらせる。周りを戦闘不能状態に陥《おとし》れるのだから、もはや人型リーサルウェポン。

そんな彼が選んでくれる服は、一見シンプルでも色の組み合わせやサイズ感がいいのか崇将が着てもすごく洒落て見える。

崇将自身はファッションにあまり興味がないから――衣類に求めるのは清潔さと快適さ、見栄《みば》えが社会的に問題ないことくらいだ――お洒落で武装した気持ちにはならないし、実際に美春のような攻撃力もないのだけれど、選んでもらった服を着るのは好きだ。彼が崇将のことだけを考えながら選んでくれた服だから。

「これとこれと……、アクセもほしいけど、崇将んとこだと頑張ってる感が出すぎる？」

「ですね」

崇将が所属している薬科学科の研究室はド理系の集まりで、ごく一部の例外を除いて被服に関して崇将と同じような考え方をしている。特に男子は「アクセサリー？　なにそれおいしいの？」というレベルである。

「じゃあ上をこっちにして、バッグと靴で差し色を入れようかな……。崇将、バッグ替えるのめんどい？」

「じゃあ俺がやったげるから、今日はこっち使って？」

「まあ、そうですね」

「わかりました」

服だけでなく、バッグや靴やアクセサリーまで含めて全体のイメージをデザインし、手間を惜しまずに完成させる美春に崇将はいつも感心する。

自分のためにせっせと荷物を詰め替えてくれる姿はいつまでも見ていたいくらいだけれど、いい加減に朝食作りにかからないとバタバタしそうだ。

「これ、ありがとうございました。先にバスルーム使いますね」

選んでもらった服を手にドアを開けた直後、確認事項を思い出して振り返ると美春が肩を跳ねさせた。

「なっ、なにっ？」

動揺している姿もつくづく可愛い。彼には崇将が離れるときに目で追いかける癖があるのだけれど、隠したがっているようだから気づかないふりをする。

「朝メシ、目玉トーストにするつもりですけど、卵何個がいいです？」

「い、いっこ」

「了解です」

返事の仕方まで可愛いな……と内心で頬をゆるめつつ、顔だけは冷静に答えて部屋を出た。

身支度を整え終えた崇将は、美春が選んでくれた服を汚さないようにエプロンを着けてからキッチンに立つ。

さっき卵の数を確認した「目玉トースト」は、ちょっと豪華なトーストだ。ふんわり厚切りパンの上にチーズ、熱々かつ黄身がゆるめのハムエッグをのせ、ハーブ入りペッパーを軽く振って、びゃーっとマヨネーズを細くかけてこんがり焼く。仕上がりは卵が半熟、食べるときにとろりと少し垂れるくらいがベスト。

焼いている間にスープも用意した。といっても簡単なものだ。野菜をざくざく切ってニンニクと一緒にオリーブオイルで炒め、豆の水煮缶とトマトジュースとローリエ一枚を加えて蓋をして煮る。あとは味を調えてお好みで粉チーズをふれば完成。デザートには角切りの柿と甘酒を混ぜたヨーグルトをつけることにした。

スープを陶製の器によそい始めたタイミングで、朝の身支度を終えた美春がＬＤＫにやってきた。

朝食時の美春は半分オンで半分オフという、レアなビジュアルだ。

脚の長さを際立だせる細身のパンツには足首周りからサイドにかけてさりげなくデザインが入っており、カットソーも少し変わったアシンメトリーな形をしている。ピアスに指輪、ネックレスと、服に合わせたアクセサリーもばっちり。

しかし、ハイセンスな服の上から羽織っているのは崇将に借りた部屋着のジップアップパーカーだし、服に合わせていつもアレンジされている髪はセットの準備段階らしく長めの前髪がシンプルなヘアクリップで留められている。

中途半端なスタイルなのに、それが未完成の魅力になっているのがすごいところだ。こんな姿は自分しか見られないという特別感で多少のフィルターがかかっているのだとしても。

「いいにおい〜」

「いいタイミングですよ、美春さん。これ、持ってってください」

「はあい」

スープの碗《わん》を差し出すと、いいお返事をした美春がぱたぱたとスリッパを鳴らして駆けてきた。

……可愛い。返事の仕方も、急いで向かってくるのも、崇将の作った朝食を楽しみにしているのもつくづく可愛い。絶世の美形なのにこんなに可愛いとか彼は存在自体が超常現象なんじゃないだろうか。

真顔の裏でそんなことを本気で考えている崇将に気づくことなく、美春はトレイにスープの碗をふたつ受け取り、仕事ができるひとならではの段取りのよさでスプーンも添えてダイニングテーブルに持ってゆく。

目玉トーストとデザートは先に運んでおいたから、あとは飲み物だけだ。

リクエストを聞いたら、「崇将と一緒で」と返ってきた。

崇将は寝起きの胃腸を温め、活性化させるために毎朝お茶を淹《い》れるのだけれど、季節や朝食のメニュー次第で何のお茶にするかを決めている。実験的に作ったものもあるから必ずしもおいしいものばかりではないのに、毎回付き合ってくれる美春に唇がほころぶ。

今日は残暑対策用のお茶にした。

「蓮《はす》の葉茶を中心にブレンドしたものです。熱いので気をつけてください」

湯気のたつマグカップのひとつを差し出すと、オーバーサイズのパーカーの袖を手にかぶせてガードした美春が両手で慎重に受け取る。……萌え袖以上の萌え袖、最高だ。

「ありがと。んー……、不思議な香り。蜜柑《みかん》っぽいのも入ってる？」

「はい。蜜柑の皮を乾燥させた陳皮《ちんぴ》が入っています」

「やった、当たった」

うれしそうに笑った美春が顔を上げた拍子にクリップがはずれて、はらりと前髪が落ちた。目を瞬いた彼の膝に髪をすべり落ちたクリップがころりところがる。

「あー、とうとう壊れちゃったかあ」

クリップを拾い上げた美春がうつむくと、癖をつけている途中だった髪はさらさらと流れて目許にかかる。

綺麗なヘイゼルグリーンの瞳が隠れるのがもったいなくて、崇将は自分のマグをテーブルに置いてキッチンに向かった。

「代わりを持ってきます」

「え……、崇将、ヘアクリップなんて持ってないよね？」

「はい」

「輪ゴムとか事務用クリップだったらいらないよ〜？」

笑いの混じった声を背中からかけられたけれど、探しているのは輪ゴムでも事務用品でもないから大丈夫だ。ストック棚のカゴのひとつを探したら、記憶していたとおりの場所に目的の品があった。

「どうぞ」

席に戻って差し出したのは、花の飾りのついたヘアクリップだ。

「……これは？」

「美春さんの元カノさんの忘れ物だと思います。このまえ掃除しているときに見つけたんですけど、ご本人に返したほうがいいのか確認しようと思って戻したらそのまま忘れてました。すみません」

「や、いいけど……」

明らかに戸惑っている美春に、崇将は少し首を傾げる。

「勝手に使ったら駄目ですかね？」

「いや……、ずっと放っておかれたんだから、本人も忘れてるとは思うけど……」

「けど？」

何か言いたそうな顔で崇将を見上げた美春が口を開いて、閉じて、ちょっと困ったように笑った。

「こういうの、平気で勧めちゃうんだよねえ」

「……？　何かおかしかったですか」

「ううん、なんでもない」

目を伏せた美春は笑っているようでいて微妙な表情だ。

困惑しながらも、どうやら何かミスをしたようだと崇将は原因を考える。

しかしわからない。

女性的でデコラティブなデザインが嫌という可能性は、美春に関しては低い。お洒落上級者の彼は気に入ればレディースの服やアクセサリーも取り入れるし、そもそもクリップに現在求められている機能は前髪を留めておくということだけだ。ファッションアイテムとして使うわけじゃないならデザインは不問のはず。

ということは、別な視点から考えるべきだ。

可愛らしいクリップを眺めながら会話を反芻《はんすう》していたら、はっとひらめいた。

「衛生面が気になりますか？」

「え」

「見た感じは大丈夫そうですけど、何年も放置されていたものですもんね。使う前に洗っておきましょう」

「い、いいって崇将、ごはん冷めちゃうし」

「でも前髪、邪魔でしょう」

「えー……あー……うん、ありがとう……」

なんとも微妙な反応ではあるものの、強い否定はされなかったから当たらずとも遠からずと判断した。

さっそくキッチンで水にさらしたら、経年劣化していたのか花の飾りの部分がぽろりとはずれてしまった。

「……すみません、壊しました」

申告すると、美春は「いいよ、もし何か言われたら新しいの買って返すから」と軽やかに許してくれる。

「誰のかわかるんですか」

「わかんないけど。だって知らないうちにそんなマーキングみたいなの残されてもねえ」

「マーキング？　これが？」

崇将が思うマーキングはもっと肉体的なものだ。キスマークだったり、噛《か》み痕《あと》だったり。だからこそつけられないのに……と怪訝な顔をするのに、美春は頷く。

「よくある手だよ。私物を置いといて、ほかの誰かが見たときに自分の存在を匂わせるってやつ」

「でも、何年間も気づかれてない時点で意味なくないですか」

「そうだねー。まあいいじゃん、早くごはん食べよ」

クリップに興味がないらしい美春に急《せ》かされて、崇将はマーキング問題についてもう少し追究してみたい気持ちを保留にして朝食の席に戻った。

「使います？」

飾りははずれていてもクリップ自体は無事だから聞いてみたら、「せっかく崇将が洗ってくれたしね」と頷いた美春が鏡も見ずに器用に前髪を留めた。

（……花の飾り、ついてたほうが絶対似合ってたよな）

華やかで綺麗な顔をしている美春には、美しいものがよく似合う。たまに彼がつけている繊細なデザインのイヤークリップやバングル、ブローチなどと似た雰囲気のヘアクリップがあったらプレゼントするのもいいかもしれない。――そういうのも一種のマーキングになるだろうか。

なんてことを考えながら「いただきます」とふたりで一緒に手を合わせて、食べ始めた。どれもおいしくできたけれど、少し冷めてしまっている。

「温めなおしましょうか？」

席を立とうとしたら、笑って止められた。

「いいよ。俺、あんま熱いと食べられないからこれくらいでちょうどいい。ていうか目玉、ナイス半熟だねえ。めっちゃおいしい」

はぐっと目玉トーストにかぶりつく美春は、キラキラ麗《うるわ》しいからこそラフな仕草が逆に魅力的だ。というか、何をしていても、どんな姿でも彼は綺麗で格好よくて可愛い。

おいしそうな――否、おいしそうに目玉トーストを食べている姿を眺めていたら、すらりと綺麗な指に半熟卵の黄身がこぼれた。

「あ、しまった」

気づいた美春が呟いて、トーストを持ち替えて指を舐める。

伏せられたまつげ、白くて長い指をとろりと伝う黄身を拭う赤い舌、無防備に開いた薄紅色の唇。……前言に追加訂正、彼は綺麗で格好よくて可愛くて色っぽい。

朝から眼福だな、と堪能していたら、視線に気づいた美春の頬がふわりと染まった。

「もー、崇将、また見てる……。行儀《ぎょうぎ》悪くてごめんって」

「いえ、美春さんが謝ることは何も」

むしろ色っぽく指を舐める姿からの照れ顔というギャップの素晴らしさにお礼を言いたいくらいだし、謝るならつい見すぎてしまう自分のほうだ。だが、謝罪をしたら今後の再発防止が課題になる。

美春の姿にはどうしても目を奪われてしまうから直しようがないし、そもそも直したくもない崇将は、あえてそれ以上のコメントは控えてボックスティッシュを差し出した。

本音を言えば自分が舐めて綺麗にしてあげたいくらいだけれど、これまでの経験から推し量ると美春は舐められるのが苦手なようだ。ベッドタイムにおいしそうなところを舐めようとしても、「やだ」と涙目で逃げられることが多い。胸はなし崩しでOKでも、性器やお尻は絶対に拒まれる。彼の体ならどこもかしこも口にしてみたいが我慢せざるをえない。

(いやがることをするのはよくないからな)

ティッシュで指を拭く美春を少し残念な気持ちで眺めながら、崇将は食事の続きに戻る。

いまはまだ無理でも、少しずつ慣れてもらえば「やだ」の範囲を減らしていけるだろうか……なんて考えながら。

雨の日はバスを使うけれど、降っていなければ何かと自由がきく愛車の大型バイクで崇将は大学に通っている。

「美春さん、いま出るなら送りますけど」

「いいの？　じゃあお願い」

完璧に身支度を終えた美春がぱあっと顔を輝かせると、光の粒子が発散された錯覚を覚えて思わず目を細める。出会って何年もたつのに、彼の放つこのきらめきは褪《あ》せることがないし、錯覚の謎が解けることもない。逆にキラキラが増している気さえする。

しかもこのキラキラには、おそらく引力がある。抱きしめたり、さわったりしたくて仕方がなくなるから。

（……なんて、まったく非科学的な妄想だな）

キラキラして見えるのは自分の目と脳のせいだし、抱きしめたくなるのも綺麗で可愛いものを愛《め》でたくなる欲求のせいだ。

この欲求は美春といるだけでしょっちゅう起こるけれど、抑えるのには慣れている。

崇将は落ち着き払った顔で美春用のヘルメットを渡した。そうして、サイドをヘアピンで留めている髪型が崩れてしまうことに気づく。

「美春さん、髪は……」

「大丈夫、店に着いてからセットし直すから」

かぽっとためらいもなくハーフメットをかぶった美春が、ちょっと悪戯っぽく笑った。

「じつは、崇将が送ってくれる気がしてたから髪もちゃんとはやってなかったんだ」

「……十分ちゃんとして見えましたけど」

表情もささやかなたくらみも可愛すぎるだろう、と内心で衝撃を受けながらも、崇将の動揺は表に出ない。淡々と感想を述べた崇将に「そう？　ならよかった」と笑う美春はやっぱり光の粒子を放っている。

抱きしめてキスしたいという欲求に負ける前に「行きましょうか」と促して、安全運転で『ｃｌａ』まで美春を送り届けた。

徒歩で十分程度の距離は、バイクだと一瞬だ。

でも、美春に背中からぎゅっと抱きしめられる朝のこの短いひとときを崇将は楽しみにしている。本当は後ろのタンデムバーを摑んでニーホールドの姿勢をとってもらったほうが重心が安定するのだけれど、それを黙っているくらいには。

（美春さん、ベッド以外だとバイクに乗るときくらいしか抱きついてくれないからな）

ベタベタするのが苦手なタイプなのだろうと思えばこそ、崇将も強制しないように自重しているのだ。長く続く付き合いの秘訣《ひけつ》は互いへの思いやりに基づく妥協だというし。

美春に見送られて『ｃｌａ』をあとにした崇将は、いつもの時刻に大学構内の駐輪場に到着した。

崇将が所属している研究室は、西洋医学と東洋医学を結合させ、さらに心の問題を含めた全体を視野に入れるのを基本とするホリスティック医療の第一人者である教授を慕《した》って集まった研究者たちがそれぞれのアプローチで専門の薬について研究しているため、テーマも分野も研究方法もとにかく幅広い。研究室にほとんど住んでいるような者もいれば、機器を使うとき以外はフィールドワークを中心にしている者もいる。

崇将は研究に集中しすぎる質《たち》であるのを自覚しているため、あえてきっちり時間を分けるようにしている。

すなわち、午前十時から大学で研究を始め、バイトの日以外は午後六時半を過ぎたらよほどのことがない限り帰るのだ。帰宅後も資料を読んだり、実験結果について思案したり、論文の続きを書いたりするのはいつものことだけれど、夕飯のための買い物をしたり、家事をしたり、美春とすごす時間を堪能することでリフレッシュできて、やる気が出るし、閃《ひらめ》きが冴《さ》える。

脇目もふらずに研究することでしか到達できない境地もあるのかもしれないが、根を詰めすぎるとバランス感覚を失って危険な発想に至るのも間近で見てきたから、自分にはこのスタイルが合っていると思う。

研究棟に向かう途中、背後から声をかけられた。

「おはよー、郡司。今日もでかいね」

「おはようございます、白鳥《しらとり》さん。一日で大幅に縮むことはないですね」

「当たり前だな」

自分で言っておいてそんな返しをするロングヘアの美女は、崇将が師事している教授の助手をしており、学部生の講義も受け持っている優秀な研究者だ。

白鳥という美しい名字がよく似合う清楚系のビジュアルをしているが、中身は口調からもわかるようにかなりラフだ。「温和」を実存化したような教授に代わって個性派ぞろいの研究室メンバーをまとめている裏ボスでもある。

「そういや郡司、去年うちを巣立った高遠《たかとお》と同じ製薬会社の研究所に内定したらしいな。おめでとう。あとはひたすら実験と考察やって、いい論文をばんばん書いて、無事に博士号とれよ。ま、きみは教授にも一目置かれてるから心配してないが」

「ありがとうございます」

「もっと感情をこめて言えよ〜」

「こめてます」

「伝わらん」

すぱっと斬《き》り捨てられてしまった。

「研究職とはいえ、コミュニケーション能力は高いほうが何かといいぞ。高遠とかゴリ押しキラースマイルでだいぶ得してたからな。郡司も特訓してみろよ」

「高遠さんのアレは天性のものでしょう。ていうか、ゴリ押しって対話を強引に押し切っている時点でコミュニケーション能力とは違う能力なのでは？」

「いや、交渉力という点においては高いコミュ力が必要だ。きみは説得するときの言語能力は高いが、言語外の表現が極端に少ないんだ。人間は必ずしも理性で判断しないからな、感情に訴える手段を使いこなせるかは大事だぞ」

「……努力します」

身に覚えがあるからこそ、できるかどうかはわからないアドバイスも真剣に受け止める。

研究棟のドアを開けて白鳥を先に通した崇将は、彼女の黒髪を束ねているものにふと目を奪われた。

繊細なきらめきを放っているのは、細い銀を編んで花と鳥を描いた美しい髪留めだ。

「白鳥さんの頭のやつ、綺麗ですね」

「ん？　ああ、そうだろう。やらんぞ」

「いりません」

「そもそも郡司の髪の長さじゃ使えないしな」

そのとおりだし、まったく似合わない自信もあるから自分には必要ない。が、こういうデザインがよく似合うひとは知っている。

「そういう髪を留めるやつって、どこで買えますか」

「おっ、彼女にプレゼントか」

「違います」

美春は彼女ではない。そう思っての否定だったのに、なぜか白鳥はにやにやする。

「郡司はシャイだなー。まあいい、教えてやろう。その代わりと言ってはなんだが、わたしもきみに教えてほしいことがある」

「なんですか」

「服、どこで買ってるんだ？　なにげにめちゃくちゃお洒落だよな」

「ああ……、俺のセンスじゃないので」

服を褒められたことよりも、美春のセンスのよさを認められたのが誇らしくて自然に口許がゆるむ。白鳥が大きく目を見開いた。

「郡司もそんな顔ができたんだな」

「そんな顔とは」

本人無自覚で、スン、と一瞬にして真顔に戻った崇将に白鳥が噴き出した。

「いや、なんでもない。ていうか郡司の服、彼女さんが選んでくれてんだ？」

「違います」

「ごまかさなくていいって」

「彼女じゃないので」

「じゃあ彼氏か」

「はい」

冗談めかした切り返しに頷くと、ぱちくり、と音がしそうなまばたきをした白鳥が表情を改めた。

「すまん、最初から相手を女性に限定して聞いていたのは配慮が足りなかったな」

「いえ。髪留めだし、女性相手だと思いますよね」

「先入観はミスの元って研究者の常識なのになあ。反省だ」

相手が同性というのはさらりと受け入れている白鳥の反応は、予想どおりだ。彼女は普段からリベラルでフェアで合理的、だからこそ崇将もあえて隠そうとは思わなかった。

(こういう人ばっかりだったら楽なんだがな)

崇将にとって美春の性別はまったくなんの問題もない。まさに「好きになったひとがたまたま同性だっただけ」という感覚だ。というか、あんなに綺麗で格好よくて可愛くて色っぽい完全無欠の魅惑的生命体を好きにならないなんて無理だ。

正直、外に出すのが心配なくらいだけれど、美春がお洒落をするのもさせるのも好きで、仕事に誇りをもっているのを知っている。邪魔はできない。美春が自分を好きでいてくれるように努力するのみだ。

いっそのことがっつりマーキングできたらいいのに、と思うけれど、アパレルショップのスタッフは動いてしゃべるマネキンのようなものだというのは本人から聞いている。襟《えり》ぐりが開いている服を着られなくするわけにはいかない。絶対に他人に見られない場所――下着で隠れる範囲がせいぜいだ。

ともあれ、白鳥の交換条件に応えるのは崇将としても願ったりだった。

自分が紹介することで美春が店長を務める『ｃｌａ』の顧客が増えるのも、売上に協力できるのもいいことだ。

（美春さん、俺の財布の中身まで気遣ってワードローブをそろえてくれてるからなあ）

崇将としては美春の売上になるのなら多少予算オーバーしようとかまわないのだけれど、本人がそれを許さない。着回しがきくものやセール品、シーズン落ちしたアイテムをオリジナルのアレンジで甦《よみがえ》らせて、普通に買うよりずっとお得に崇将のクローゼットを充実させてくれている。

（ああいうコーディネートの法則とかアレンジの腕とか、すごい才能だよな）

しみじみしつつ、白鳥を『ｃｌａ』に連れて行く約束をして、プレゼント用アクセサリーを買いに連れて行ってもらう予定日時も決めた。

品物によるマーキングを狙っているわけではないけれど、繊細で美しいデザインのヘアクリップはきっと美春によく似合う。

彼が選んだ服を着るときに自分がうれしくなるように、プレゼントしたアクセサリーを身に着けるときにうれしくなってもらえたらいい。

——しかし、プレゼントが引き起こしたのは予想外の反応だった。

「えっと……、すごい、綺麗だね。ありがと……」

袋を開けた美春の顔に浮かんだのは、明らかな困惑。

白鳥に連れて行ってもらったのは繊細な銀細工やジュエリーのアクセサリーを専門に扱うショップで、小さいながらも華やかにきらめく空間には女性客しかおらず、自分の場違いさにさすがの崇将も居心地の悪い思いをした。それでも美春に似合いそうなものを、と真剣に選んだのだけれど、どうやら好みをはずしてしまったようだ。

「すみません、俺のセンスじゃいまいちでしたね」

「ううん、全然！　これ、どう見ても銀細工職人の一点ものの手作りだよね？　このなめらかなカーブとかモチーフの組み合わせ方が最高だし、デザインも素敵だし、めちゃくちゃセンスいいよ。つけてみていい？」

慌てて否定してフォローしてくれる美春はやさしい。

無理強《むりじ》いはしたくないけれど、せっかくだから着けているところを見てみたくて頷いたら、さっそく彼が髪を手早くアレンジして崇将のプレゼントで留めた。

花と蝶《ちょう》を立体的にデザインした銀細工のヘアクリップは、天井の明かりを反射してきらめき、その繊細さと華やかさが美春の美貌によく映える。小さなティアラみたいだ。

「似合いますね」

正直な感想が口からこぼれると、ヘイゼルグリーンの瞳を瞬いた美春が撮影されるモデルのようにポーズをとった。

「そう？　ありがと。崇将が選んでくれたものだし、似合ってるならうれしいわ」

「……わ？」

「髪も伸ばしたほうがいいかな」

冗談めかした口調のようで、どこか違う。亜麻色の髪をくるりと指に巻いて小首をかしげているのはあざと可愛いけれど、彼らしくない。

「どうしたんですか、急に」

「……そっちのが、いいのかなって思って」

「そっちとは」

本気でわからなくて聞くと、目をそらした彼がきらめくヘアクリップに手を添えた。

「これ、レディースのアイテムだからさ」

「そうですけど、駄目でしたか？　美春さん、気に入ったらレディースのアイテムも使ってるって言ってましたし、それと似た感じの耳に着けるやつを使っていた覚えもあったんですが……」

「耳に……って、イヤークリップのこと？　ああ……、たしかにあれとデザインの雰囲気似てるね」

髪からヘアクリップをはずした美春がまじまじと見て、複雑な顔になる。

やっぱり好みに合わなかったのだろう。喜んでもらえたらと思って買ってきたけれど、困らせたかったわけじゃない。

「それ、返品してきます」

手を伸ばしたら、「駄目……！」とクリップを両手で握りしめた美春が飛びのくようにして逃げた。勢いに目を瞬く。

「気に入らなかったんじゃ……？」

「そ、そんなことひとことも言ってないよ。気に入った！　もうこれは俺の！　勝手に返品したら怒るからね！」

「そんなことしませんけど、無理しなくていいんですよ？」

「無理してないってば」

いつになく必死な様子に崇将は少し首をかしげ、どこかで何かがズレている気がしてやりとりを振り返る。

美春の様子がおかしくなったのはプレゼントの袋を開けたあとからだ。開ける前は「え、俺にプレゼント……⁉　誕生日でもないのに？」と驚きと期待に綺麗な色の瞳をキラキラさせ、うれしそうだった。

　つまり、問題はやはりプレゼントの中身、ヘアクリップにある。

好みに合わないのかと思いきや、返品は嫌だという。彼の「気に入った」発言をそのまま受け止めるとしたら、複雑な顔をさせている要因は――。

（女性用ということか？）

　そのうえで違和感を覚えた美春の発言で「そっちの」の部分を「女性」に置き換えてみたら、ハッとした。

（女性用の品を贈ったことで、美春さんは男性だというのを否定された気分になったんじゃないか……⁉）

　これは自分の失態だ。

　崇将にとって美春は美春で、性別などどうでもいい。しかし本人にとっては大事なアイデンティティのひとつである。否定されたと思わせるわけにはいかない。

「美春さん」

「な、なに」

「俺はその髪留めがあなたに似合うと思って選びましたが、女性になってほしいなんて思ってません。そのままの美春さんがいちばんです」

まっすぐに目を見て伝えたら、ぱしぱしとまばたきをした彼が、ふにゃっと安心したように頬をゆるめた。

「……そっか」

「そうです」

「……これ、ほんとにありがとう。大事にするね」

プレゼントのヘアクリップを手に、改めて約束してくれる美春の頬はほんのりうれしそうに染まっていて食べてしまいたいほど可愛い。やっと喜んでもらえた……とほっとしつつ、うっかり抱き寄せて頬をかじってしまわないように崇将は頷きだけ返してキッチンに夕飯の支度に向かった。

とりあえず、アクセサリーを選ぶときは今後は本人に選んでもらおう。本人がレディース用のアイテムを気にせずに使っているように見えたとしても、プレゼントするときは避けよう。

美春とうまくやっていくためのノウハウとして、脳内のメモにしっかり書き込んだ。

「店長のストール留めてるの、めちゃくちゃいいですね。それ、うちでは取り扱ったことないブランドのじゃないですか」

開店準備をしていたら、お洒落好きゆえに目敏《めざと》いスタッフの佑季にファッションチェックをされてしまった。

今日の美春は全体的にシンプル、モノトーンでそろえた中に差し色としてボルドーのストールを巻いて、崇将にもらったヘアクリップを留め具代わりに使ってアイキャッチポイントを作っている。繊細かつ華やかなデザインながらもシルバー製だから甘すぎず、チラ見せしているベルトのバックルとも呼応して収まりがいい。エレガントかつアーティスティックなスタイルだ。

内心でドキリとしながらも、美春は涼しい顔を装った。

「じつはヘアクリップなんだ。お客様の評判がよかったらこういうアイテムを置くのもアリかなって思ってるんだよね」

「へえ〜、そういう使い方もおもしろいし、たしかにアリかもですね」

感心している佑季に言った内容は、決して口から出まかせじゃない。今日のコーディネートを思いついたときから考えていた。

『ｃｌａ』はメンズファッション専門だけど、デートついでに彼氏とショッピングに訪れた女性たち、ＳＮＳでバズった「キラキラ店長」を興味本位で見に来たあらゆる人たちにとっても魅力的で、本来の顧客である男性たちにも人気が出そうなアイテムをいくつか置きたいと思っていた。

ピアスやネックレス、バングルなどのアクセサリーを中心にこれまでも展開していたけれど、無意識下に「メンズファッション専門」という縛りがあったのかレディース向けのアイテムは置いていなかった。が、崇将にもらったヘアクリップでコーディネートを考えてみたら意外と使い勝手がいいことに気づいたのだ。

これはジェンダーレスなファッションアイテムとして提案できるんじゃないだろうか。

実際に使ってみて、スタッフやお客様の反応を見て、改善点があったらブラッシュアップしたデザインを考えて提案してみるつもりだ。

『ｃｌａ』はオーナーと店長である美春が選んだ「おすすめ」を置いているセレクトショップだけれど、オリジナルのアイテムも出しているのだ。デザインはオーナー自らが考えているだけでなく、各店舗のスタッフが提案したものもある。

ちなみにデザインが採用されたらちゃんと当該アイテムとサイト等に名前――美春の場合は「misha《ミーシャ》」を使っている――が明記されるし、特別ボーナスも出る。ファッションが好きで入社したスタッフたちにとっては楽しくてやり甲斐《がい》のある「業務外のお仕事」だ。

「そういうアイテム、やっぱ店長みたいなキラキラ美形のほうが似合いますよねー。俺だと借りてきた感がでそう」

「そんなことないって。デザイン次第で印象変わるし、全体のバランスでしょ」

「そうですよ、佑季さん。店長だけじゃなくオーナーだって間違いなく似合いますし、なんなら俺も似合う自信があります」

するりと会話に入ってきたのは大学生バイトのスタッフ、槙野《まきの》だ。黒髪ワンレンボブというアート系学生らしい髪型がよく似合う、気だるげな雰囲気のすらりとした美男である。ちなみに自他共に認めるナルシスト。

普段のオープンは二人体制なのだけれど、今日は特別だ。SNS担当の佑季が昨日のうちに「キラキラ店長」の写真を流しておき、さらに追加で今日も流す予定だから。嘘でも冗談でもなくこれで客が激増するから臨時でシフトに入ってもらったのだ。

槙野に向かって佑季が顔をしかめた。

「オーナーは店長と兄弟疑惑があるくらいキラキラ系二・五次元美形だし、マキはゴシック系じゃん。そりゃ似合うだろ」

「どうも。佑季さんは……たしかに借りてきた感がでそうですが、それも可愛いんじゃないですかね」

「テキトー言うよなー」

苦笑した佑季が「まあいいけどさ」とさくっと話を終えて、職場用のスマホを取り出した。

「今日アップする用に撮っていいですか」

「うん。クリップは置いてないから、見えない感じでね」

「りょーかいです」

数回シャッター音を響かせた佑季が「は～、毎回ほんと絵になりますね」と感心しながらスマホの操作を始めたところで、美春はさっき引っかかったことを確認してみる。

「オーナーと俺、兄弟疑惑があるの？」

「あれ、知らなかったです？」

うん、と頷くと、佑季と槙野が口々に教えてくれた。

『ｃｌａ』のオーナーのＳＩＮＯは現役トップモデルでありながらセレクトショップのバイヤー、投資家、デザイナーまでしている多忙な人ゆえにあまり日本におらず、スタッフたちは彼がイメージモデルを務めているブランドの映像や写真を通してしか見たことがない。

国籍不明のカリスマ的キラキラ美形というのがミーシャと共通しており、ネットや電話でのやりとりも店長の美春を通しているため、スタッフたちの間では「じつは兄弟では」と噂《うわさ》されていたらしい。

「……それだと俺、コネで店長やってるみたいじゃない……？」

聞き終えた美春が複雑な気分で眉を下げると、スタッフたちはぶんぶんとかぶりを振った。

「そんなこと思ったこともないです！」

「店長は店長以外ありえません！」

即答にほっとする。真面目に働いてきた成果を色眼鏡で見られたらやっぱり悲しいし、コネ上司なんてスタッフたちも信頼してついてきてくれないだろうから。評価してくれたオーナーにも申し訳ない。

「ていうかオーナー、言うほど俺に似てないと思うよ？　海外でも活躍しているだけあってめちゃくちゃでっかいし、つかみどころない不思議な人だし」

直接会ったことがある立場としてスタッフたちのイメージの修正を図《はか》ったら、佑季が比較対象を挙げた。

「でっかいって、もしかして店長のお友達くらいあります？」

「え……、ああ、うん」

不意打ちに動揺しながらも頷くと、槙野が佑季に確かめる。

「それって、あの全然笑わない人です？」

「そうそう。圧すごい人」

「なるほど……。てことは、やっぱスタイルめちゃくちゃいいんですね。俺とはジャンルが違うから比較はしませんけど、レベルとして俺と同じくらいナイスバディですよね」

「マキの自己肯定感の高さ見習いたいわ～」

「どうぞ？」

後半ズレていったけれど、ふたりが挙げたのは間違いなく崇将だ。

美春にワードローブを丸投げしてくれている崇将は、ときどき『ｃｌａ』にやってきては美春が勧めたアイテムをぜんぶ買ってくれる。試着すらしようとしない。

ファッションに興味がないからだとわかっていても全幅の信頼がうれしいから、美春は崇将にとってベストかつ最小限の買い物になるように精いっぱい心を砕いている。あと、試着もさせる。

接客しているのは毎回美春だけれど、あれだけ大柄でスタイルがいいと服が映えることもあってやはり目立っているのだろう。

無意識に彼にもらったクリップに目をやって、美春は唇をほころばせる。圧がすごくて笑わないように見えるけど、本当はすごくやさしいんだよ、と自分だけが知る秘密にひそかな喜びを感じながら。

今日はオープン前に客が並び始めたから、開店時刻の十時より少し早く店を開けた。

さっそく入店してきたお客様は八名、うち半分は女性で、みんな時間に自由がきく学生さんかフリーターっぽい。ちらちらと美春を見て、友人同士でなにやら囁《ささや》きあっているからSNSに流した写真で釣《つ》れたに違いない。

これまでの経験からして忙しくなりそうだという予測は大当たりで、昼食をとる暇もないくらいに次から次へとお客様が入って応対に追われた。

「すみませぇん、一緒に写真撮ってもらってもいいですか～？」

接客の一瞬の隙をついてぐいっとリクエストしてきたのは、メイクもファッションも香水もばっちりな気合十分の女性だ。手にスマホしか持っていないし、美春以外に目がいっていないから買い物をする気はゼロっぽい。

SNSで写真がバズると、こういうタイプもたくさんくる。母数が増えればミスマッチが増えるのは自然の摂理、「会いに行ける無料の二・五次元美形」扱いで勝手な要求をする人が一定数いるのだ。

「お客様」になるかもしれないと思えばこそ、かつては上目遣いの「お願い」をあしらうのが苦手だった。けれども場数をこなすうちに学んだ。図々《ずうずう》しい人は特別扱いをすると今後もずっと同じ扱いを求めるし、マナーが悪い人は顧客になっても何かとトラブルを起こす。

にっこり笑ってお断りした。

「残念ですけど、社内の規定でダメなんです」

「そんなぁ～、せっかく来たのにぃ」

甘い声でブーイングされても問題ない。すかさずほかのスタッフが割って入ってくれる。

「せっかくご来店いただいたのにすみませんね〜。俺たちとしても撮影ＯＫにしてあげたいんですけど、前に一枚くらいならってＯＫしたら店長撮影大会になっちゃってヤバいことになったんですよ」

「あ、でも税込二十万円以上ご購入いただいた方なら店長とのツーショをサービスでつけてもいいって特別ルールができたんです。いかがです？」

過去の経験から編み出された社内規定は本当で、効果も抜群だ。

買い物するつもりで来ていない人は突然の二十万円という条件に恐《おそ》れをなして断念してくれるし、実際に買ってくれたらそれは立派な「お客様」だ。しかも購入額が大きいから、ツーショットのサービスくらいは笑顔でできる。

条件にぶうたれた女性には、美春からスタッフたち曰くの「破壊力一〇〇〇パーセント」のキラキラ笑顔で「本当にすみません」と謝った。息を呑んだ彼女がぽーっと固まっている間にスタッフたちがさりげなく出口に誘導してお帰り願う。

とりあえず、彼女が代表して特攻してきてくれたおかげでこちらの対処を示すことができ、その後はむやみに写真をねだられなくなった。二十万円超えの買い物をしてくれたツワモノがふたりもいたけど。

バーゲン中でもないのに平日とは思えないくらいの盛況ぶりに時間も忘れて働いていたら、

思いがけない来客があった。

「へえ～、思ったより広い店じゃん」

周りの注目を集めるように大きな声をあげながら入ってきたのは、トレンドの最先端をいくファッションを身に纏ったスタイリッシュな四人組だ。業界人っぽいオーラを全面に出しているけれど、アイドルグループにしては少し崩れた雰囲気がある。

不良っぽさが女性人気に繋がりそうな彼らの中心にいる長身の人物に見覚えがあった美春は、それが誰か気づいてはっとした。

かつて読モだったころ、「ミーシャ」を何かと目の仇《かたき》にしていたモデルのひとり、「RA《ラ》I《イ》YA《ヤ》」だ。

細マッチョでワイルド系ながらも甘めの顔立ちのライヤは着こなせる服の幅が広く、目立つことが大好きで、企画や特集で大きく扱われていないとあからさまに機嫌を損《そこ》ねていた。

大人になっても全体的な雰囲気はあまり変わっていない。チャラくてモテる俺様パリピ系。

トレンドチェック用に職場で定期購読しているメンズファッション誌で一時期よく見かけていたけれど、業界は人も物も消費が速い。

そういえば最近はあまり見なくなっていたな……と思いつつ「いらっしゃいませ」と定型の歓迎フレーズを口にした美春をスルーしたライヤは、仲間を引き連れて騒がしく店内を歩き回った。

「うっわ、やベーなコレ。こんなの着るやついる？」

「いるわけねーべ」

「ムリムリ」

「まーまー、ウケ狙いってこともあるかもよ？」

「たしかにウケるわ〜」

ぎゃははは、とけたたましい笑いが響き渡る。

見るからにお洒落な集団にこき下ろされたら、わざわざそれを買おうという客はいなくなる。手に取っていた品を戻す客の姿が増え始めた。騒々しさに顔をしかめて出て行く人もちらほらいる。

佑季が憤怒《ふんぬ》の表情で美春に小声で訴えてきた。

「なんなんですか、あいつら！　これって営業妨害ですよね⁉」

「だねえ……。ほんと、なんなんだろうね」

「俺、注意してきていいですか」

いまにも駆け出して行きそうな彼に小さくかぶりを振る。

「何も買うつもりないみたいだし、飽きたら出ていくと思うからもう少し様子を見てみよう？」

「でも、マジむかつくんですけど……っ」

「うん、俺も同じ気持ち。でも、ライヤのこと少しだけ知ってるけど、変な逆ギレされる可能性のほうが高い気がするんだよね」

「あー……、あいつ、性格の悪さが顔に出てますもんねえ」

「こらこら、そういうこと言わない」

「へーい」

まったく反省していない口調の佑季はライヤたちを遠慮なくにらんでいて、美春からOKが出たら即出動しそうな気配がぷんぷんしている。愛想がよくてほがらかな彼は、まっすぐさゆえに不本意な状態をそのままにしておけないのだ。

頼もしいけれど、トラブルの種にもなりうる。美春はぽんとなだめるように軽く佑季の肩をたたいた。

「注意するときは俺が行くから」

ちらっと胡乱《うろん》げな視線を寄越《よこ》された。

「店長、争いごと苦手じゃないですか」

「そうだけど、俺がこの場の責任者だからね」

きっぱり、自分にも言い聞かせるつもりで口にする。

どのタイミングで注意をするか様子を見ていたら、ふいにライヤがこっちを見てばちっと目が合った。

彼が眉を上げて、にやっと笑う。

「おっとぉ～？　そこにいるの、カリスマ読モ様だったミーシャじゃね？」

「……いらっしゃいませ。何かお探しですか」

営業用スマイルを唇にのせて接客用フレーズを返すと、にやにやしながら近寄ってきた。

「ひさしぶりに会ったのにそーいう態度？　冷たいんじゃない～？　一応俺たち、一緒の現場にいた仲じゃん。あっ、もしかして元カリスマ読モ様は自分以外に興味がなくて俺のこと見えてなかったかな～？」

「そんなわけないじゃないですか」

会話を盛り上げる気はないから、否定したあとは微笑んで相手を見返すだけだ。

これは接客業をする中で身に付けた、美春なりの面倒な客の対処法だ。本人に自覚はないものの、見る者を虜《とりこ》にするキラキラ麗しい笑みが悪意を浄化しておとなしくさせるというチートト能力なのだけれど、ライヤには逆効果だった。

「……その余裕ぶった感じ、相変わらずムカつく」

舌打ちと共に吐き出された呟きがよく聞き取れずに目を瞬くと、値踏《ねぶ》みするように美春の頭のてっぺんから靴《くつ》の先までをライヤが眺め回してきた。

その悪意に満ちた目が、ストールのヘアクリップに留まる。

「なにそれ、女物？」

伸ばされた手をとっさに避《よ》けつつ、表情だけは接客用スマイルを絶やさずに美春は頷く。何か言うより先にライヤが鼻で嗤《わら》った。

「彼女とシェア？　って、違うか。ミーシャだもんな」

「……どういう意味でしょう？」

「とぼけても無駄だっつーの。どうせＳＩＮＯさんにもらったんだろ」

「は」

どうしてここにオーナーの名前が……ときょとんとする美春に、にやにやしながらライヤがとんでもないことを言う。

「ＳＩＮＯさん、男も女も食い散らかしてるって有名だもんな～。気に入ったセフレに店長任せてるって話じゃん。それ、ＳＩＮＯさんから可愛いオンナへのプレゼントだろ？」

「違います……っ」

間違いだらけの認識もさることながら、大好きなひとからもらったプレゼントを貶《おとし》められて思わずカッとなった。

とっさに出た否定の声は思いのほか大きく響いて、店内の注目が美春たちに集まる。ここぞとばかりにライヤが大声になった。

「まったまた～。ざっと見たけど、ソレ、ここに置いてるアイテムじゃないじゃん。売りもんじゃないのにそんな目立つ使い方してる時点でカレシ大好きアピールじゃんね？」

「だから違うって……っ」

「あ、わりぃ、カレシじゃなくて愛人だったな」

へらへら笑いながら注目している客たちにライヤが間違ったイメージを植えつけてゆく。

このままじゃ駄目だ。相手のペースに巻き込まれている。

大きく深呼吸して、美春は気を取り直した。

接客業に携《たずさ》わる者としては、本来ならお客様は神様、揉《も》めたくなんかない。困った相手でも我慢するし、機嫌を損ねずに帰ってもらう努力をする。ネットを悪用したいやがらせを受ける可能性も高いから。

でも、今回は別だ。

ライヤの嘘を信じておかしな噂を流されないためにも、きっぱりと否定した。

「おかしな妄想はやめてください。こちらのアイテムはこれから取り扱うかどうかの判断をするために試しに着けているだけですし、俺は新卒として『ｃｌａ』の系列店に入って、真面目に働いて、それを評価されて店長を任されました。ほかの店の店長たちも同じです」

「へえ～、そっか。まあそう言うよな～」

まったく信じていない口調で、美春のほうが嘘をついているかのように聞こえる言い方をされる。つくづくたちが悪い。

多くの人は「事実」よりも「おもしろいネタ」に食いつく。このままでは『ｃｌａ』のオーナーのみならず各店舗の店長たちにまで迷惑をかける事実無根の噂《うわさ》が広まってしまう。客の中にはすでにスマホになにやら書きこんでいる人たちがいるし、猶予《ゆうよ》はない。

美春は背筋を伸ばし、本気で通告した。

「勝手な思い込みでこちらを貶《おとし》めようとするのはやめてください。これ以上続けるようならこちらにも考えがあります」

「はあ〜？　客にずいぶんな態度じゃないの。特権で店長やってるやつはやっぱ『普通』とは違うよな〜」

「当店で買い物をするわけでもなく、侮辱《ぶじょく》的な態度をとられている時点であなたはお客様ではありません。客として扱われたいなら、お客様としてのマナーを守っていただくことこそが本来の『普通』では？」

「うっわ、マジレスされちゃったよ。そんなキレんなよ〜。なつかしいミーシャちゃんと再会できてテンション上がってからかっただけじゃん。あ〜こわこわ」

あくまでもからかう態度を崩さずに、肩をすくめてライヤが仲間の許に向かった。

「見てた〜？　軽い冗談にガチギレされたんだけど」

「ぶはは、ウケる。お客様じゃないって言われちまったな〜」

「この店は客を選ぶんだって〜」

「俺たちは選ばれなかった〜」

げらげら笑いながらなにもかもを茶化し、加害しながらしれっと被害者顔をする。腹立たしいけれど、とりあえず妄想による攻撃はやんだ。このまま出て行ってくれと心の中で懸命に念を送る。

残念ながら念は届かず、ライヤたちは再び店内で扱っているアイテムを目につく端《はし》からけなし、「こんなの置いてるとかセンスなさすぎじゃね?」とセレクトショップの意味を全面的に否定するのを再開した。

ものすごく不快だけれど、仲間うちで商品についてしゃべっている限りはただの「感想」だ。たとえそこに悪意があろうとも。

とはいえ、店内に響き渡る大声は迷惑行為にあたる。せめて周りに聞こえない声量に抑えるように勇気を振り絞って注意しに行こうとしたら、さっき送った念がやっと届いた。

「そろそろ撮影あるし、帰るか。ろくなもんがなかったな」

手にしていた商品をライヤが適当な場所に雑に放る。

「だなー」

「時間の無駄だったわ」

「ネットの評判ってマジ役に立たねえな」

口々に同意した仲間たちを引き連れて、ライヤは来たときと同じように騒がしく出て行った。振り返ることもなく、好き放題に引っかきまわした店内に微妙な空気を残して。

ドアが閉まると、ほっとして全身から力が抜けそうになった。隣で佑季が憤懣《ふんまん》やるかたないといった悪態を小声で吐き出す。

「ったく、なんなんですか、あいつら！　ムカつく！　一生袖《そで》ちぎれろ！」

万が一にもお客様に聞こえたらいけないから店長としてはたしなめるべきなのに、最後の呪いに噴き出してしまった。

「これから寒くなるし、着る服すべての袖がちぎれたら大変だねえ」

「それくらいの罰は受けるべきですよ！　ほんっと、なんなんだか」

「ほんとにねえ」

「店長、なんでそんなのんきな感じなんですか。だいぶサイテーなこと言われてましたよ？　オーナーとの関係とか」

「ああ……、ほんとサイテーだったね。なんか彼、俺が読モやっててもムカついてたみたいなんだけど、やめるのも気に入らなかったみたいで。勝ち逃げは許さないから覚えてろよ、とか言われたなあ」

「うわ、変な執着されてますね～」

「でも、俺が読モやめてから実際に絡まれることはなかったんだけど……。急になんなんだろうね？　たまたまかな」

荒らされた店内を整えながら首をかしげると、反対側の陳列棚の服をたたみ直していた槙野が「違うと思いますよ」と口を挟んできた。

「出て行くとき、取り巻きのひとりが『ネットの評判』って言ってたじゃないですか。タイミング的に、店長の写真がバズってるのを見て来たんだと思います」

「何しに？」

「ひさしぶりにかまってもらいたかったんじゃないですか」

「うーわー、めんどくさっ」

美春の心中を的確に佑季が代弁する。本当に「面倒くさい」以外に言いようがない。

とはいえ、疑問は残った。

（そんなかまってちゃんだったかなあ……？）

たしかにライヤは目立ちたがりで自己中心的な俺様、取り巻きにちやほやされたいタイプだった。変わっていない証拠のように今日も追従する仲間を連れていた。

そんな彼が、かつてのライバル――美春にとっては違うけれど、目立っていたせいで一方的にそう目されていた――がネットでバズっているのを見かけて会いにきて、あんな態度をとるときの気持ちはどういうものだろう。

店内の整理と同時進行で接客をしながら考えているうちに、なんとなく答えが見えてきた。

（一種のマウント、だろうなあ）

いくら二・五次元美形のキラキラ店長ともてはやされても、美春は一介のショップスタッフだ。「お客様」に基本的に逆らえないし、何を言われても下手《したて》に出るしかない。

一方でライヤは現役モデルだ。市場に出回る前の最先端のアイテムを身に着けて、写真に撮られるのを仕事にしている。彼の姿を見てみんな今期のトレンドを知り、参考にする。「お客様」に理不尽に困らされることもない。

自分のほうが業界内で上位だ、と言外のアピールをしたかったのだろう。――そうしたくなるくらい、心に余裕がなくなったのかもしれない。

(売れっ子のときは来なかったしね)

モデルはビジュアルがすべてだ。次々に新人が現れ、トレンドが変わる中、第一線で活躍し続けるのはあまりにも難しい。しかも男性モデルは二十代半ばまでが需要のピークで、三十代、四十代まで続けられる人はほとんどいない。

美春より少し上のライヤはそろそろ仕事が減っているのを実感する時期だろう。実際、雑誌で見る回数は減っていた。

才能と人脈があれば他業種――俳優や音楽系に行く人もいるし、これまでの経験やセンスを活《い》かして事業を始めたり、デザイナーになったりする人もいる。

だが、いずれの場合も華麗なる転身は本人の努力に運が重なった結果だ。

毎日を適当にすごしていて目の前にチャンスがころがってくるほど業界は甘くない。しかし美春の知るライヤはモテるための努力――お洒落や筋トレ、スキンケアなど――はするものの、「いまが楽しければそれでいい」派だった。さっきの態度を見ても変わってなさそうだ。スタッフさんたちへの態度もきっと昔のままだろう。傍若無人《ぼうじゃくぶじん》で、相手がいやがることを平気で言っていた。さもおもしろい冗談であるかのように。

人間関係がよくないと、運も巡らない。

将来への苛立《いらだ》ちや不安があるときに、かつてライバルと目していたミーシャがネットでバズっているのを見かけたらきっと気になるだろう。偶然を装って仲間と偵察に来たに違いない。マウントをとって少しは気が済んだだろうか。

「もう来なければいいけど……」

ため息混じりにこぼれた本音に、スタッフたちもこくこく頷いていた。

帰宅後、いつもどおりに振る舞っているつもりだったのに、ふたりで夕飯の片づけを終えたタイミングで崇将に聞かれた。

「何かありました?」

「……何かって?」

「わからないから聞いています」

淡々とした口調ながらも凛々しい眉は少し寄っている。不機嫌そうに見えるけれど、これが心配してくれているときの表情だというのが長年の付き合いの美春にはわかる。

「たいしたことじゃないよ」

笑ってごまかそうとしたのに、じっと無言でこっちを見つめた崇将が無言でソファに移動した。ゆったり座って、美春に向かって両腕を広げる。

「どうぞ」

目を瞬いたものの、好きな男の誘いに体が勝手に吸い寄せられてしまった。

ふらふらやってきた美春を大きな体ですっぽりとくるむように膝に抱いた崇将は、小さな子どもにでもするようにぽんぽんと背中を軽くたたく。

無言。でも、いたわられているのを感じる。

がっしりとした広い肩、頼もしく厚みのある胸、自分より高い体温。包みこむような抱擁にほっとして、体から力が抜けた。

「……大丈夫って、言ったよ？」

「言ってないですよ。たいしたことじゃないって言っただけです」

落ち着いた低い声で指摘される。小さく苦笑したら、そっと頬を包みこんだ彼に顔を上げさせられた。

「それって、何かあったってことですよね」

「……崇将、鋭すぎ」

「あ、すみません。顔、怖かったですか」

「そうじゃなくて」

目つきの鋭さを気にしているらしい崇将の勘違いを笑って否定して、美春は大きな手のひらに無意識に甘えて頰ずりした。

「俺のこと、わかりすぎてるし、甘やかしすぎ。たいしたことじゃないのに、慰めてほしくなっちゃうじゃん」

「慰めてほしいなら、たいしたことなんですよ。……聞かせてください」

崇将の声は、普段はどこか硬質な低音だ。生真面目さが感じられて美春は大好きなのだけれど、この距離でだけ聞ける、やわらかくなった囁き声は心臓を直撃する。全身がきゅうんと甘く痺れて、虚勢を張るための気力さえ崩れてしまう。

「……おもしろくない話だよ？」

「美春さんにお笑い芸人になってほしいと思ったことはありません」

「なにそれ」

真顔でズレたことを言う崇将に噴き出して、ようやく美春は今日『ｃｌａ』で起きたことを話した。

崇将は静かに聞き、ときどき質問を挟む。美春が言葉を探して口ごもっても急かしたりせず、いたわって励ますように背中を撫でてくれながら。

（……好きだなあ）

毎日実感していることを、改めて思う。

（こんなにやさしくしてもらっていると、勘違いしそう）

崇将も美春のことを好きで、告白したら相思相愛になれてしまう気さえしてしまう。

でも、それは都合のいい妄想だ。

（崇将、差別や偏見はないけど同性は完全に対象外って感じだもんねえ）

かつてのひそやかな告白に彼はまったく動じることなく、ごくあっさりと受け流した。あのときの虚《むな》しさや寂しさ、脱力感、拒まれなかったことへの安堵《あんど》などが入り混じった言いようのない気持ちを思い出すと、もう一度告白する勇気は出ない。

なまじ現在が幸せだから、バランスを崩すような真似をする気にもなれないし。

だから勝手に恋人気分を味わわせてもらって、大事に心の中に彼との思い出を溜めている。崇将に新しい彼女ができたり、結婚したりしたあともひとりで生きていけるように。

店での出来事を話し終えたら、不思議なくらいに気持ちが軽くなっていた。美春の表情でそれがわかったのか、崇将も眼鏡の奥で瞳をやわらげる。

「すっきりしました？」

「うん。話しただけなのに不思議だね。聞いてくれてありがとう」

どういたしまして、もしくは、話してくれてありがとう、というように大きな手でくしゃりと髪を撫でられた。

なんとなく照れくさくなって笑うと、さらにくしゃくしゃと撫でられる。

「た、崇将……っ？」

「美春さん、やさしいですよね」

「え」

「話すときはうまくぼかしてましたけど、ライヤが突っかかってきたきっかけって、俺があげたヘアクリップですよね」

「……違うよ？」

責任を感じてほしくなくて否定すると、じっと見つめられた。そらしてしまいそうなのを我慢したのに、それが逆に不自然だったのか苦笑される。

「嘘が下手ですねえ。すみません、今度からプレゼントしたいものがあるときは美春さんに選んでもらうようにします」

どうしてバレたのだろう。内心で焦りながらも、これだけはと勇気を出して伝えた。

「……崇将が選んでくれたほうが、うれしい、ん、だけど……」

眼鏡の奥で目を瞬いた彼が、ふ、とやわらかく笑う。くしゃくしゃとまた髪を撫でられた。

返事はなかったけれど、了解してもらえたっぽい。

「ところで、ライヤのことですけど」

「うん？」

「聞いた感じだと、今後も憂《う》さ晴《ば》らししたくなったら『ｃｌａ』に来そうですよね。何か対策は考えてます？」

ド理系の崇将は、トラブルがあったら因果関係を明らかにして今後の対策を必ず考える。そんな彼と一緒にいるうちに美春もトラブルを「困った」のままで放置せずに自分にできる対策を考える癖がついたから、頷いた。

「ほかの店舗とも協力して、各自の事例を持ち寄ったトラブル対応のマニュアル作りを提案するつもり。あと、警戒対象として防犯カメラにライヤたちを登録したよ。アラームが出るだけなんだけど、心の準備はできるし、集計すると来店周期も出せるっぽいから」

「そういえば防犯カメラ、少し前に増やしたって言ってましたね」

「うん。常連さんが連れてきてくれたお客様が防犯に詳しくて、いろいろ教えてもらったことをオーナーにも伝えたら、店全体をカバーできる数を入れてくれたんだ。うちで扱ってるアイテムは一点ものも多いし、安くはないから。カメラがあるってだけで万引き防止になるんだって」

「服も万引きされるんですか？」

かさばるのに、と言いたげな崇将に美春は眉を下げて頷く。

「されるんだよねえ、これが。やっぱりアクセサリーとか小物を盗《と》られるのが多いけど、中にはフィッティングルームに持ち込んで、着替えた上から自分の服を羽織って盗むやつもいるよ。フィッティングルームには防犯カメラ付けられないから」

「……最低ですね。対策は？」

「試着するときはスタッフに声をかけてもらうようにして、お客様が持ち込むアイテムの数と状態を確認してる。けど、混雑していると目が行き届かないから勝手にフィッティングルームを使われることもあるんだよね。それでもほとんどはちゃんとしたお客様だからいいんだけど……」

「一部の自己中のせいで禁止事項や本来不要な手間が増えるの、どこも同じですね」

「世の中、そんなことばっかだよねえ」

性善説を信じてやっていければいいけれど、善意を悪用する輩はどこからか湧いて出る。正直者が馬鹿を見る世の中では心がすさんでしまうし、結局はみんなが生きづらくなるばかりなのに。

「自分さえよければいい人たちって、もうどうしようもないのかな」

「そうですね……、人間も動物なので、『生き残る』のを最優先にする本能の部分ではもともと利己的なのだと思います。それでも社会的、利他的な行動をとれるのは、そのほうが全体が生きやすくなって群《むれ》全体の生存率が上がるからというだけでなく、発達した脳の影響もあるんじゃないでしょうか。本能的衝動を理性で抑えることでより大きな利益を得られる予測ができるとか、相手の喜びが自分の喜びになるとか……」

「待って待って崇将、なんか難しくなってきた」

とっさに止めると彼が目を瞬いた。え、どこが難しかったです？　という表情なのはわかるけれど、キャッチボールをしていたらいきなりサッカーボールを返された感じなのだ。多少の混乱は許容してほしい。

「えーと、めちゃくちゃ乱暴にまとめると、自己中な人たちは本能寄りってこと？」

「そうですね。年齢に関わりなく中身が成熟していない精神的幼体だと俺は見ています」

「それってなんとかできるの？」

「生まれ持った性質による傾向もあるでしょうが、本人の意思と周りの環境で変化をもたらすことは可能だと思います。意思と環境の両方そろっていればいいですが、個人の資質も意思もバラツキが大きいですし、不確定要素をできるだけなくして社会全体の精神的な成熟を目指すなら社会そのものを整備していくほうが有効です。治安が悪い社会になる要因のひとつは『自分さえよければいい』『自分が損をするのは許せない』という利己主義ですが、これは個人の問題として放置すべきではなく、『他者を優先したら自分にも見返りがある』、ひいては『努力が正しく報《むく》われる』経験を積めるような社会であれば、利他的であることへの抵抗感は減るでしょうし、他者への嫉妬からくる攻撃的かつ排他的な精神構造もある程度予防できると考えます」

「んん……また難しくなってるけど、なんとなく言いたいことはわかった気がする。個人の力には限界があるから、世の中全体を整えるのが大事、ってことだよね？」

「はい」

「でも社会を変えるのって、無理じゃない？」

「難しいですね。世の中を変える力を持つポジションの人たち自体が利己的だと利権絡みでおかしなほうに暴走しがちですし……」

言いながら崇将がよしよしと美春の頭を撫でた。戸惑うものの、もともと膝だっこは慰めてくれるためだったのを思い出す。

「もう平気だよ……？」

「はい。いまのは違います。なんというか……、美春さんが、美春さんでよかったなと思いまして」

説明されてもよくわからなかった。首をかしげる美春にほのかに笑って、崇将がまた髪を撫でる。

「俺いま、わりと面倒くさい話を始めたと思うんです」

「そう？」

「元カノたちからは確実にいやがられていた内容でした。それなのに美春さんは、ちゃんと聞いてわかろうとしてくれるし、一緒に考えてくれるんだなって。そういうひとって、貴重です」

「そ、かな……」

元カノたちという単語にちょっと胸がざらりとしたけれど、褒められているのもわかるから反応に困ってしまった。彼にとって貴重と言われたのもうれしいし。

考えてみたら、たしかに当たり前のように真面目な話をできる相手というのは貴重かもしれない。店と防犯カメラの話から始まったけれど、スタッフたちとはきっとこういう話にならないだろう。

「……俺にとっても、崇将は貴重だよ」

ひそやかな告白もこめて言ってみたら、くしゃくしゃとまた髪を撫でられた。

「知ってます」

珍しいくらいの笑顔に心臓が止まりそうになった。

これで彼の「知っている」範囲が美春の想いのほんの一部じゃなければ、完璧な関係だったのにな……と思ったのは美春だけの秘密だ。

【4】

大学の研究棟裏、薬学部が当番制で管理している薬草園脇の木陰のベンチに腰掛けた崇将《たかまさ》は、ランチ用に買ってきたサンドイッチを片手にスマートフォンを取り出した。

普段は研究室内でさっと済ませているランチタイムをわざわざ外にしたのは、調べものと思考に集中するためだ。調査対象は数日前に『ｃｌａ《くら》』に迷惑をかけたグループの中心人物——モデルのライヤ。

店長を任されているだけあって、美春《みはる》は物腰やわらかながらも芯が強く、スタッフと客と『ｃｌａ』をとても大事にしている。そのぶん自ら貧乏くじを引きかねないから、崇将としては自分にできる限りのことをしておきたいのだ。

部外者にできることは少ないかもしれないが、第三者だからこそ違う視点や解決策を提案できる可能性はある。あと、美春に迷惑をかけたライヤたちにシンプルに腹が立っている。スルーなどできない。

気になる対象の情報を集め、分析し、対策を考えるのが崇将の基本スタイルである。

所属事務所が出しているプロフィールに各種記事、本人やファンやアンチによるSNSの発信内容などをざっとチェックして、おおよその評判と交友関係、ゴシップを把握した。

エビデンスを重視する研究者である崇将がネットの情報をまるごと信じることはない。が、数を集めれば奥にある真実の推測は可能だし、本人が発信している内容からもキャラクターや心情は摑《つか》める。

（……とりあえず、ろくでもないやつみたいだな）

学生時代の悪ぶったエピソード——酒や煙草《たばこ》、犯罪すれすれの行為、先生や同級生への悪ふざけという名のいじめなど——を自慢げに語っている時点で反省ができないタイプの危険人物だし、とにかく悪評が多い。

訪れた店での態度の悪さ、現場を共にしたと思《おぼ》しき裏方スタッフたちからの不評、元カノたちによるＤＶや浮気の暴露。仕事をすっぽかしたことはないが遅刻はたびたびで、「プロ意識に欠ける」という意見が散見される。事務所の力が強いのと、重役の女性と特別な関係があったおかげで仕事が途切れずにすんだようだが、そろそろ見切られたのではという噂《うわさ》が出ていた。

そして、美春の見立てどおりに仕事は減っていた。本人も気づいているようで、焦りや苛《いら》立《だ》ちが攻撃的かつ冷笑的な発言として表れており、自己主張の激しさが増している。

そんなライヤと付き合いのある友人たちは売れないモデル仲間や自称役者が多く、もれなく評判が悪かった。類は友を呼ぶの典型だ。

集団でショップを荒らして回るのが最近の彼らのブームらしい。

(どうしたもんかな)

対策について思案しながら紙パックの野菜ジュースを飲んでいたら、思いがけない人物に声をかけられた。

「よ、郡司《ぐんじ》。ひさしぶり」

「高遠《たかとお》さん……!?」

にっこり、研究室にいたころと変わらない人好きのする笑顔を見せた男前は、研究の相談や就職などで崇将が何かとお世話になっているひとつ上の先輩だ。とっさに立ち上がろうとした崇将を身振りで止めた彼は、長身に合ったスーツを身に着けている。

「そういう格好、珍しいですね」

「今日は薬師丸《やくしまる》先生に仕事で会いに来たからね。うちの会社で漢方に基づいた新しい栄養補助食品の企画が進んでて、先生に監修をお願いすることになったからご挨拶」

菓子折りの紙袋を軽く掲げて見せた高遠が隣に座る。

「そしたら郡司が難しい顔で座ってるからさ。……話、聞こうか?」

やわらかな声で水を向けてくれる彼は、優秀な研究者なのに全然偉そうなところがない。

研究分野が近い崇将に惜しみなくアドバイスをくれるありがたい先輩なのだけれど、現在抱えている問題は研究とは無関係だからためらった。

そうしたら、察しのいい先輩はしつこく追及したりはせずに「困ったときはいつでも連絡してこいよ」と名刺をくれ、ついでに菓子折りを買ったオーガニックカフェでもらったというおまけの焼き菓子までくれた。やさしいお兄ちゃん気質の先輩なのである。

高遠が研究棟に向かったあとでもらったガレットを食べたら、糖分が脳にエネルギーをくれたのかなんとなくライヤ対策の方向性が見えてきた。

今日は早めに研究を切り上げて、『ｃｌａ』に行こう。まずは『ｃｌａ』を防犯の観点からチェックし直すのだ。


午後四時すぎ、実験道具の洗浄を終えた崇将が帰り支度をしていたら、通りかかった白鳥《しらとり》に声をかけられた。

「あれ、郡司、もう帰るの？　今日は早いね」

「行きたいところがあるので……」

言いかけて、先日の約束を思い出す。ヘアクリップの店を教えてもらう代わりに彼女に『ｃｌａ』を紹介するというあれだ。

約束は崇将にとって一種のツケだ。さっさと果たしたいし、自分の用事のついでに済ませることができたら合理的。ということで。

「いつも服を買っている店に行く予定なんですけど、白鳥さんも来ます？」

「行く！　いろいろ始末してくるから七分後に研究棟前に集合ね」

即答で誘いにのった白鳥は端的に指示を出すなりダッシュで去った。そうして予告どおりの七分後、研究棟のエントランスに白衣を脱いだ颯爽《さっそう》とした姿で現れた。

細身のデニムの足許《あしもと》は研究室内でのサンダル履きからブーツに替わり、カラフルなライダースジャケットを身に纏《まと》い、ロングヘアはきりっとひとつにまとめている。小脇に抱えているのはフルフェイスのヘルメット、バッグは両手が自由になるリュックだ。彼女もライダーなのである。

先導するつもりだったのに、予想外の要求がきた。

「周り見ながら道覚えるから、うしろに乗っけてって？」

「……いいですけど、帰りも送れと？」

「よろしく頼む」

にっこり、遠慮なく頼まれてしまった。美春の仕事が終わるのを待って一緒に帰るという楽しい予定は断念する。

目印になる建物を教えながら、ゆっくり走って三十分ほどで『ｃｌａ』に到着した。仕事中の美春を見られるのが楽しみでゆるみそうな頬を引き締めつつドアを開けると、「いらっしゃいませ～」と複数の歓迎の声に迎えられる。

さっと店内に視線を巡らせ、目的の人物を見つけた。

崇将と視線が合った美春が美しいヘイゼルグリーンの目を瞬《しばたた》かせ、ふわりと花がほころぶような笑みをこぼす。

まぶしい。やばい。自分を見てうれしそうにしてくれるのが可愛《かわい》すぎる。

ぐわーっと胸に言いようのない感情がこみ上げた矢先、ふっと火が消えるように美春の放つきらめきの色がなくなった。

どうしたんだろう、と思っている間に彼が崇将のところにやってくる。

「いらっしゃいませ。今日はお連れ様がいるんですね」

いつになく他人行儀な言葉遣い、接客用の笑みに一瞬眉根が寄ったものの、白鳥を連れていたことを思い出した。あぶない、美春に見とれて存在自体をうっかり忘れかけていた。

気を取り直して美春に白鳥を紹介する。

「大学の先輩です。この前、ヘアクリップの店を教えてもらったお礼に『ｃｌａ』を紹介する約束をしていたので……」

「そうなんですか。ご紹介うれしいです」

にこやかだけれど、やっぱりいつもよりキラキラが少ない。しかしながら初対面の白鳥には十分だったようだ。

珍しく緊張した様子で美春に挨拶を返すなり、白鳥が崇将の腕を引く。戸惑いながらも指示に従って彼女のほうに耳を寄せると、感嘆もあらわな小声で訴えられた。

「ちょっと郡司、こちらの方は何者……⁉　VRだったりする？」

「店長です。実在しています」

「は〜、すごいね。五十歳以下の人類に興味ないけど、店長さんはもはや美術品じゃない。買って帰れるなら欲しいかも……」

「その発言は人としてどうかと思います」

ぐっと寄りそうな眉根を我慢して注意すると、白鳥は素直に受け止めた。

「失礼。たしかに店長さんの人権を無視した発言だった。謝罪して撤回するからご本人にはご内密に」

無言で頷《うなず》いて顔を上げると、じっとこっちを見つめていた美春がぱっと視線をそらした。

背中ではなく正面から見つめられるのはレアで少し気になったものの、第三者の前で、しかも彼の職場で自分たちが親密なのがわかるような態度をとるべきじゃないだろう。自分は誰に何を言われても気にしないけれど、美春を困らせないためにも質問は保留にする。

きらめく美貌の店長こと美春に最初は驚いていた白鳥だったけれど、もともと彼女は本人の発言どおり五十歳以下に興味がない。関心はすぐに買い物に移った。

ストールや帽子、ネクタイなど、気になるアイテムを見つけるたびに片っ端から崇将で試す。動くマネキン扱いだ。

美春は店長として初めての客である白鳥に付き添ってくれた。

「こちらのストールならリバーシブルで使えますし、柄も今年のトレンドですよ」

「うーん……、ちょっと派手すぎますね。もっと落ち着いた感じのはありません？」

崇将と話すときはラフだけれど、ＴＰＯをわきまえられる白鳥は美春とは敬語で話している。別人みたいだな……と思いつつ無言で専用マネキンを担当していたら、美春が少し困ったような顔で崇将を見て、白鳥に向き直った。

「お連れ様の年齢的に、これ以上落ち着いた柄のものだと逆に合わせ方が難しいと思います。背が高いからこそ大きな柄も映えますし……」

「あ、そこの彼のじゃないので大丈夫です」

「え」

「わたしと同じくらいの身長の、ロマンスグレーの紳士用なんです」

語尾にハートマークがつきそうなトーンに美春が目を瞬き、確認するように崇将を見る。頷くと、彼の肩からふっと力が抜けた。

「お父様……じゃないですよね？」

「憧れのひとです」

「そうでしたか。お相手に喜んでいただけるようなプレゼントを選べるように、精いっぱいお手伝いさせていただきますね」

にこっと笑った美春の表情にも声にもやわらかさが戻り、キラキラも復活している。それでもまだいつもよりキラキラ少なめだけれど、なんとなくほっとした。

教授へのプレゼントを探すには取り扱っている品が若すぎるんじゃ……といまさらのような疑問を抱《いだ》いたものの、ファッションは年齢ごとに区切られているわけじゃない。個人や世間が勝手に「この年齢ならこういうのがふさわしい」とイメージを押しつけているだけだ、というのを白鳥に付き添って美春の説明を聞いているうちに崇将は理解する。

色柄や形、アイテムだけで見るのではなく、使い方が大事なのだ。

もともと『ｃｌａ』が扱っているアイテムはラグジュアリーとまではいかなくても、いわゆる「少し頑張ったら手が届く」アクセシブルブランドからのセレクトが多い。品質とデザインとコンセプトにこだわっているからチープさがないし、スタンダードな服や小物の多くは年齢や性別に囚《とら》われずに使える。

最終的に白鳥はシャツを買うことにしたようだった。

「一見シンプルなのに、何気にボタンがひとつずつ凝ったデザインなのが気に入りました。一部の生地が違うのも可愛いですし」

「ですよね！　これ、近年どの業界でも重要視されている『エシカル』をいち早くテーマに取り上げていたデザイナーの新作で、気に入っていただいた部分には特にこだわりがあるんです。生地はフェアトレードコットンですし、ボタンはひとつずつ古着から選び出したものなので同じ並びがない一点ものなんですよ。ここの生地は裂織《さきおり》っていう伝統技法で織られていて……」

熱心に説明する美春のキラキラが増量した気がする。

(専門家の話はどんな分野もおもしろいな)

しみじみと思いつつ、想像もしていなかった「服の裏にあるストーリー」に耳を傾けた。

崇将と同じく研究者気質の白鳥も興味深そうだ。ときどき質問まで挟んでいる。

(何を聞かれてもすぐに答えられる美春さん、さすがだ)

顔がゆるまないように気をつけていても、格好よくて美しくて頼もしい姿にほれぼれしてしまう。

大満足で買い物を終えた白鳥が、店を出るなり崇将に満面の笑みを見せた。

「は～、店長さんのお話すっごいおもしろかったし、めちゃくちゃ目の保養になった！　気に入ったものも買えたし、大満足だわ。いいお店紹介してくれてありがとね、郡司」

「いえ。これからもごひいきに」

バイクにまたがりながら本心から返すと、「回し者か」と噴き出される。

「違いますけど、俺も好きな店なんで」

本心から答えて、バックシートに白鳥が乗るのを待ってエンジンをかけた。

バックミラーを確認したら、美春が『ｃｌａ』のウインドウからこっちを見送っていて頬がゆるみかけた。が、どうしたことか彼のキラキラがまた減っているように見える。

気になるものの、いまはどうしようもない。あとで話を聞くことにして崇将は白鳥を大学へと送り届けた。

それから数時間後。スーパーで食材を買って帰宅した崇将が夕飯の支度にかかろうとしていたら、美春から珍しいメッセージがスマホに届いた。

「スタッフたちとごはんに行くことになりました」「遅くなります」「晩ごはんの用意してたらごめんね」と続いている。

『ｃｌａ』のスタッフは仲がよく、たびたび仕事帰りにごはんや飲みに行ったりするというのは聞いている。「店長の俺がいると愚痴《ぐち》とかこぼせないだろうし」と美春は基本的に参加しない方針だけれど、強く誘われたら断らない。

これまでも何度かあったことだから、崇将は内心でがっかりしながらも「了解」とシンプルな返事を送った。

それから、キッチンカウンターを眺める。並んでいるのは今夜使う予定だった食材だ。

「……明日でいいか」

自分のためだけに作る気力は湧かなかった。すべて冷蔵庫に片付けて、夕飯は適当にすませることにする。

とはいえ、研究内容に絡んで崇将は医食同源を大事にしているし、「食べたものが体を作る」

と美春にも常々言っているからカップ麺などのインスタント食品の在庫がない。

「めんどくせ……」

ため息をつきつつ作ったのは、限りなくインスタントに近い手作り――ゆでたてのパスタにバター、少しの醬油《しょうゆ》、塩昆布、粉チーズ、卵を混ぜたものだ。

適当に作ったわりにおいしくできたけれど、ほぼ炭水化物と脂質とたんぱく質のみの食事である。ビジュアルも地味。

「美春さんがいないと、俺ってこんなズボラなんだな……」

キッチンカウンターにもたれて、混ぜるのに使ったボウルから直接パスタをすすりつつ崇将は苦笑する。

同じメニューでも美春がいるなら見栄えよく、くるりと巻いて皿に盛ってから刻み海苔《のり》をのせてネギか大葉でグリーンを散らすし、ビタミンや食物繊維をとってもらうためにサラダも付ける。なんだったらデザートも作る。

そういう手間が彼といるとまったく苦にならないのに、ひとりだと面倒くさくて仕方がない。

自分が健康でいるためには美春の存在が必要不可欠のようだ。

美春がいないとき限定のズボラさを発揮してお風呂もシャワーですませたあとは、リビングで漢方薬の副作用に関する論文を読むことにした。

漢方は自然由来で効果がゆるやかなものが多いぶん、副作用がないと思われがちだ。しかし実際はまったくないなどということはなく、有名なところでは小柴胡湯《しょうさいことう》の副作用で亡くなった例もある。

自然のものが必ずしも無害とは限らないのと同様に、人工物だって必ずしも有害とは限らない。だからこそ、崇将は漢方の薬効を科学的に組成して副作用を除去できないか研究しているのだ。

いつもなら論文にすぐに集中できるのに、同じ空間にいるべきひとがいないというだけでやけに落ち着かなかった。数行読んでは時計を確認してしまう。

せめて何時ごろ帰ってくるのか聞きたいが、同僚たちと楽しんでいるところに水を差したくはない。美春のことを信じていないと思われるのも心外だ。

かたつむりのような時の流れに苛立ったり悶々《もんもん》としたりしているうちに十時をすぎた。さらに我慢して、もうすぐ十一時。

(……そろそろ迎えに行ってもセーフか?)

夜道は男でも危険だし、なんといっても歩くのが美春である。

普段から夜道を歩くときは軽く変装しているけれど、それでも漏れ出てしまう魅力とキラキラオーラに引き寄せられるゴミ虫がいるかもしれない。

迎えに行くためには帰宅時間と現在地を聞かざるをえないから、連絡をとるのは仕方ない……という理屈にOKを出していいものかどうか。我ながら言い訳がましいし、そもそも迎えを頼まれたわけじゃない。しかし帰路が心配なのも事実。

終電まで待つべきだろうか、とスマホを片手に逡巡《しゅんじゅん》していたら、玄関で物音がした。ぱっと顔を上げた崇将の耳に待ち望んでいた声が届く。

「ただいまあ～」

即座に立ち上がりかけて、あまり勢いよく出迎えると昭和の過保護な父親のようなプレッシャーを与えてしまうかもしれないとひとまず十秒数える。それからリビングを出た。

美春は洗面所兼脱衣所で手洗い・うがいをしていた。

「おかえりなさい、美春さん」

「ん、ただいま」

うがいを終えるまで待ってタオルを渡すと、受け取った彼の頬はふんわり薔薇色《ばらいろ》になっている。ほわほわとした雰囲気とあいまってひどく無防備で魅力的だ。

眉根が寄りそうになったのをなんとか我慢して、さりげない口調で確認した。

「飲んできたんですか」

「ちょっとだけね。あ、もしかして顔赤い？」

「はい。……外ではあまり飲まないほうがいいって、俺、前から言ってますよね」

「そんなに飲んでないよ～？」

「何杯まで記憶あります？」

「……三、かなあ」

ちゃんと覚えていない時点で心配度が一気に増した。

「危険な目には？」

「遭ってない、遭ってない。一緒にいたの佑季《ゆうき》くんだし、タクシーで帰ってきたし」

笑いながらの返事は崇将も顔を知っていて、美春が信頼を寄せている『ｃｌａ』のスタッフとずっと一緒にいたというものだ。ほっとしつつも、完全には安心できない。

本来はアルコールに強く、まったく酔わない美春だけれど、体調によっては突然こてんと眠ってしまうからだ。長くて五分程度のうたたねとはいえ、色白の肌をふんわり上気させ、長いまつげを伏せ、ふっくらした唇をうすくひらいて寝息を漏らす無防備な姿はとてつもなく誘惑的だ。

初めて彼が寝落ちるのを目《ま》の当たりにしたときは、絶世のスリーピングビューティーぶりに見とれると同時に心配でならなくなった。当時は付き合い始めたばかりの女性がいたのだけれど、彼女よりも美春のガードを優先したら「ありえない！」と一発でフラれた。そのとき、これで心置きなく美春といられるとほっとしてしまった自分を反省して、崇将は二度と「断るのが面倒だから」などという理由でなんでも受け入れないと心に決めたのだ。

ちなみに短い眠りから起きた本人はすっきりした様子で意識もクリアになっており、再び飲んでもうたたねすることはない。

たぶん、疲労が溜《た》まっているときに一時的にスイッチが切れてしまうだけなのだろう。

(だけというには、危険すぎるけどな)

だから崇将は「自分が一緒のとき以外は外ではできるだけ飲まないように」と忠告して、美春もそれを守っていた。

なのに、今日は明らかに三杯以上飲んできた。心を許しているスタッフとの席だったとはいえ、珍しいし、なんとなく違和感がある。

どこかに異変がないかと美春をじっと見つめた崇将は、頬が染まっているせいでわかりにくいけれど、目の縁が少し赤くなっているような気がしてそっとそこに親指で触れた。

「何かあったんですか」

ヘイゼルグリーンの瞳を瞬いた美春が、小さく笑ってかぶりを振る。

「ないよ。お風呂入ってくるね」

「酔っているときは危ないです」

「酔ってないって。俺がお酒に強いの知ってるでしょ」

「体調で波があるのも知っています」

「今日は好調～」

止めても聞いてくれず、崇将の手からするりと逃げた美春に背中を押された。お風呂に入るからここから出て行けということだ。

「……五分たってても上がってこなかったら、見に行きますからね」

「五分は短すぎ、十五分！」

「……わかりました」

嘆息して譲り、ひとりでＬＤＫに戻ってキッチンに立つ。

飲んだあとの美春は軽い夜食を食べたがるから、アサリ出汁《だし》の梅と大葉のにゅうめんを作ることにした。ちなみにアサリは明日の朝食で使う予定だったから砂抜き済みだ。

ちょうど調理を終えたころ、濡れ髪をタオルで押さえながら美春がリビングにやってきた。時計を見るとリミットまであと三十秒。

「セーフ？」

「はい。食べます？」

「食べる～」

夜食が何かを確認もせずにうれしそうな返事がくる。可愛い。

仕事がらもあって外見に気を遣《つか》っている美春はお風呂上がりのケアを欠かさない。あのすべすべつやつやなさわり心地のいい肌が化粧水と保湿クリームによってキープされているのだと思うと、湯上がり姿がどれほど魅惑的であろうと手は出せない。

でも、グルーミングの一部くらいは任せてもらおうと崇将はドライヤーを用意して美春を呼んだ。

「髪、俺がやります。冷めちゃうんで美春さんは食べててください」

「いいの？　ありがと～。飲んだあとってなんかおなかすくんだよねぇ」

まだ少しアルコールの影響が残っているのか、機嫌よく申し出を受け入れた美春がにゅうめんの丼《どんぶり》を置いたキッチンカウンターまでやってくる。

腰の位置が高い彼はスツールに座るときも無理がなく、リラックスした姿なのにものすごく絵になる。というか、何をしていても素晴らしくフォトジェニックだ。

読モ時代からプロのモデルや俳優への誘いが山ほどあったらしいのに、「俺がやりたいのは誰もが自信をもって人生を楽しむのをファッションを通して手伝うことだってわかったから」とあっさり表舞台から降りてしまった。

周りが惜しむ気持ちはわかる。が、この美しいひとが自分の手の届く範囲にいてくれるのはありがたい。毎日こうして一緒にいられるのは喜びだ。

以前教えてもらったとおりに毛先にオーガニックのヘアオイルを馴染《なじ》ませてから丁寧にドライヤーをかけていたら、にゅうめんに舌鼓《したつづみ》を打っていた美春がうっとり呟《つぶや》いた。

「は～、崇将のおかげで王様気分だよ」

「美春さんは王様より王子様って感じですけどね」

「貫禄《かんろく》ないからねえ」

キラキラしているから王子様っぽいのだけれど、本人が色素の薄さなどを本当は気にしているのを知っているから別な返事をする。

「二十七歳で貫録はなくてもいいでしょう」

「崇将はけっこうあるよ？」

「……じじくさいですか？」

「違う違う、落ち着いてるってこと。あと、なんかすごい余裕がある感じ」

余裕がある、という評価はうれしい。実際はそうでもないからこそ。

ゆるみそうな頬を意識して引き締めながら髪を乾かしていたら、せっかくの評価を吹き飛ばすものを発見してしまった。

――白い首筋にぽつりと落ちた、キスマーク。

ドライヤーを止めて、波立つ胸を抑えるべく深呼吸をする。

「……美春さん、これ、どうしたんですか」

自分でも不穏《ふおん》さがわかるくらいに低い声が出てしまった。にゅうめんのスープを飲んでいた美春が目を瞬き、少し首をかしげる。

「これって？」

「首のとこ」

キスマークという単語を口にするのも不快で、キャビネットから鏡を持ってきて渡した。

戸惑った様子で自分の首を確認した美春が、かすかに頬を染めて見上げてきた。

「崇将がつけたんじゃないの？」

「俺は見えるところにはつけません」

「え、でも……」

「美春さんは『ｃｌａ』の店長として写真を宣伝に使われることがありますし、客に見られておかしな目を向けられるようになったり、からかわれたりしたらいけないと思って、俺は確実に隠れるところにしかつけないようにしてきました。つまりそれは、絶対に俺じゃないんです」

言いながらふつふつと怒りが湧いてくるけれど、声を荒らげないように懸命に気をつける。

彼のためを思えばこそずっと見えるところへのマーキングを我慢してきたのに、どこの誰が勝手に横取りしやがったのか。許しがたい。美春の首に吸いついたやつがいるなんて考えるだけではらわたが煮えくり返る。

「いつつけられたか、わかりませんか」

「え、ええと……」

おろおろとヘイゼルグリーンの瞳を揺らしている美春はすぐには思いつかないようだけれど、崇将はすでに答えを予測していた。

今朝まではなかったものだ。首筋も感じやすい美春が吸われて気づかないわけがないから、痕をつけられたのは意識がないとき。

つまり。

「みんなで飲んでるとき、うたたねしたんじゃないですか」

「……しました……」

「そのとき誰がいました？」

「……佑季くん」

「ほかには？」

「いない……。ごはんのときはほかのスタッフもいたんだけど、バーには佑季くんとふたりで行ったから……。でも、ほんとに一瞬寝落ちただけだったし、佑季くんの態度も全然おかしなところとかなかったんだけど……？」

困惑している美春は、信頼しているスタッフが犯人だなんて信じられずにいるようだ。

「なるほど。じゃあ聞いてみましょう」

「へ」

「電話をかけてください。いますぐ」

有無《うむ》を言わせない口調だったせいか、戸惑いながらも頷いた美春がスマホを取り出した。が、思いきれないようでためらいに満ちた目で見上げてくる。

「……これ、虫刺されってことは……」

「ありません。どう見ても別物ですし、腫《は》れもかゆみもないでしょう」

「ん……。……あの、佑季くんになんて言ったら……？」

「『うたたねしている間に首にキスマークをつけたか』をストレートに聞いてください。不意打ちのほうが素の反応が出るので、ごまかす準備をさせないように。困ったときは俺が代わるんで、スピーカーでかけてください」

「……はい。なんか、崇将、すごい怒ってる……？」

「そんなことないですよ」

口では否定したものの、正直、そんなことある。

が、美春を責めるつもりは毛頭ない。同僚の佑季を信じていたから警戒していなかったのだろうし、わざと眠ってしまったわけじゃないのもわかっている。

怒っているのは、美春の信用を裏切った佑季と、お酒を飲んだ美春が寝落ちる可能性があるのを知っていながら何もしなかった自分に対してだ。

迷っている暇があったらさっさと連絡を入れておけばよかった。美春たちの許可を得て同席するなり、いつでも連れ帰れるように近くの席で見守るなりするべきだったのだ。対策不足は自分のせいである。

腹の底でとぐろを巻く苛立ちを美春にぶつけないためにも、崇将は自分に言い聞かせるように感情を懸命に抑えこんで言い足した。

「俺が美春さんを怒る理由なんて、ひとつもないです」

「……うん」

眉を下げた美春がどことなく寂しげな表情を見せたと思ったら、小さく息をついて佑季に電話をかけた。

ツーコールで明るい声がスピーカーから響く。

「はーい、店長？　どうしたんですか」

「あ、え、えっと、こんばんは、佑季くん。あの、ちょっと、聞きたいことがあって……」

「はい？」

「その……、今日さ、俺がバーでちょっと寝ちゃったときに、首になんかした……？」

「あ、はい。しました。すみません」

あっさり罪を認めた。

目を瞬いている美春は自供を聞いてもまだ信じきれないでいるらしい。それだけスタッフを信用しているのだろうが、ここは現実を見てもらわねば。

ヘイゼルグリーンの瞳と視線を合わせ、声を出さずに「理由」と口の動きだけで伝えて質問を促すと、慌てた様子で頷いた。

「な、なんで」

「んー……好奇心、ですかねえ」

「こうきしん」

呆然《ぼうぜん》とリピートした美春に、佑季が早口で一気に言い訳する。

「や、なんか今日、店長ちょっと元気なかったじゃないですか。平気なふりしているけど絶対落ち込んでるよなーって思ったからバーに誘ったんですけど、いつも綺麗《きれい》で格好いい店長がしんなりしてるのってレアで可愛いし、飲んでいるうちにヤバいくらい色っぽくなっちゃうんでドキドキしちゃって。『さすがミーシャさん』って感動してたら急に寝ちゃってびっくりしたんですけど、俺も酔ってたせいか真っ白な肌がすごいおいしそうに見えて、キスマークとかつけたら映えそうだなーって思ったときには、うっかりちゅーっと」

「……っ」

「あ、でも心配しないでください。店長が同居人さんの名前を呼びながら起きちゃったんで、こっちも酔いが醒《さ》めてそれ以上は何もしてないです」

「な、名前……っ？　それ以上って……？」

動揺と困惑のクエスチョンマークに囲まれている美春に、声だけでも両手を合わせて拝んでいる姿が見えそうな佑季がたたみかけた。

「ていうか、ほんとすみません！　好奇心っていうか出来心？　でやっちゃったんですけど、もう二度とあんなことしないんで許してください！　大好きな店長と永遠の憧れのミーシャさんに嫌われたら俺もう生きていけない～！」

「……いや、嫌ったりはしないけど……」

「よかった！」

「ていうか、俺とミーシャは同一人物では……？」

「あ、俺ん中では違います。店長のことはやさしくて仕事ができる上司として尊敬してますし、意外と天然なとことかあって『ｃｌａ』のスタッフとして支えたくなるけど、ミーシャさんは二次元上のパーフェクトヒューマンなんで世界線が違うんです」

熱弁に美春は明らかに「よくわからない」という顔になっている。崇将にもよくわからない感覚だけれども、おそらくはファッション誌上で作られたカリスマ読モ「ミーシャ」のイメージが彼にとって理想であり、現実の美春とは別の存在として神格化しているという意味だろうと理解した。

とりあえず、さらに謝り倒す佑季に許しを与えてもいいかと美春に視線で問われたので頷く。

キスマークの犯人はわかったし、本人が「二度としない」と言った。口約束はあてにならないから改めて手を打つつもりではあるけれど、目下できることはない。

さらっと明かされた「同居人の名前を呼んだ」という部分も重要な情報を含んでいる。

（同居人って俺だよな。美春さんが寝ぼけて呼んだのが俺の名前で、それで酔いが醒めたって言ってたから、佑季くんは俺たちの関係を察したと考えていいだろう）

『cla』で買い物をしているときや、美春を迎えに行ったときくらいしか会ったことがないけれど、ノリのいい、目端のききそうな子だった。

たとえ憧れの「ミーシャさん」の素体である美春に好意をもっていたとしても、さっきの謝罪の仕方からして崇将から奪いたいという意思はないようだし、攻撃や妨害をする気もなさそうだ。

（脅威《きょうい》にはならない……が、今度直接話しておこう）

佑季の問題は一部保留にしてクリア。

続いて、もっと重大な問題について考える。

（美春さんが『ちょっと元気がなかった』『絶対落ち込んでると思った』って言ったよな）

佑季も言っていたように、美春は何かあっても平気なふりをしがちだ。そんな彼が同僚に気づかれるくらい落ち込んでいたのなら、よほどのことである。

なのに、帰宅した美春は崇将の「何かあったんですか」への返事をごまかした。――気になる。心配するのと同じくらい、もやもやする。

（美春さんのことをいちばんわかっているのは、俺であるべきなのに）

「あの……、崇将？」

無言で考えごとに耽《ふけ》っていたら、おそるおそるといった様子で美春が声をかけてきた。

真剣に黙考している顔がカチコミに行く人みたいで怖いと研究室の仲間たちに言われたこ

とがあるのを思い出して、崇将は片手で頬をさすってから顔を上げる。

「はい」

「佑季くんとの電話終わったけど……、なんか、ごめん」

「何への謝罪ですか」

本当に不思議で聞いたのだけれど、責めるように聞こえたのか美春がびくりと体を揺らした。そんなつもりじゃなかった崇将が細い肩を撫《な》でると、ますます身を縮める。

「……外であんまり飲むなって言ってたの、こういうことだったんだってわかったから……。崇将がずっと守ってくれてたの知ってたのに、仲がいい人なら大丈夫って油断してた。迂闊《うかつ》でごめん……」

「べつにかまわないです。でも、今後は気をつけてください」

「……はい」

さいわい美春は首へのキスマーク以外無事だったし――本音を言うと佑季の唇をちぎって捨ててやりたい程度には許しがたいけれど――、今後の対策についても崇将の中では考えがまとまってきている。必要以上に自分を責めなくていいのに、なぜか美春は崇将の返事にますますしょんぼりしてしまった。

言葉足らずである可能性には思い至らずに、内心で首をひねりながらも崇将は最大関心事の確認をする。

「そんなことより、美春さん、何に落ち込んでいたんですか」

「え」

「佑季くんが元気づけてやりたいと思うくらいだったんですよね？　何かあったんですか」

「な、なにも……」

ぴちぴちと綺麗な瞳を泳がせている時点で嘘《うそ》をついているのが明白だ。

これはソファでハグして、ゆっくり聞かせてもらったほうがいいだろうか。しかし、目の泳がせ方が前と違う。これは……。

(話したくないし、聞かれたくないって感じだ)

じっと観察していた崇将はそう気づき、むっとする。さっきのもやもやが一気に戻ってきた。

いや、誰にでも聞かれたくないことがあるのはわかる。プライバシーを尊重すべきだというのもわかっている。

が、理性でわかっているのと感情は別だ。

美春のことはなんでも知っていたいし、あらゆる危険や困りごとから守ってやりたいし、自分にできるすべてで助けたい。

そのためには彼を落ち込ませる原因について教えてほしいのに、拒《こば》まれている。

感情をなだめるためにもひとつ息をついて、崇将は切り出した。

「俺には言いたくないですか」

「……言うべきじゃない、と、思ってる……」

ぽつりと返ってきたのは、思いがけない答え。

これはつまり、崇将に絡んだ不満ということだ。聞かないわけにはいかない。

「俺は聞きたいです。美春さんが落ち込んでいた理由が気になります」

「気にしないで」

「無理です」

断言して、例によってソファに腰かけて美春を呼んだ。崇将の意図を察した彼が困り顔でかぶりを振る。

「今日はいい、です……」

明らかな逃げ。初めて断られたことに我ながら意外なくらいにショックを受けた。胸の中のもやもやが大きくなり、勢いを増す。

感情的になっては駄目だ、と崇将は大きく息をついて、落ち着いた声と表情を意識して美春に聞いた。

「ハグするだけでも、嫌ですか？」

「や、やなわけないけど……」

「じゃあ来てください」

「……」

へにょんと眉を下げた美春がおずおずとやってくる。腕を取り、ゆるく引いてすっぽりと抱きしめると、しっくり馴染む抱き心地と湯上がりのいい香りにほっと息が漏れた。

美春も同様だ。逃げようとしていた態度とはうらはらに、帰ってくるべき場所に戻れたかのように体の力を抜いて息をつく。

（はー……可愛い……。まさに愛す可《べ》し、だよなあ）

崇将のものであることを受け入れている姿にふつふつと愛《いと》おしさが湧いてくるけれど、重要課題を放置して満足している場合ではなかった。

質問の仕方を考え、慎重に口を開く。

「俺に問題があるんですよね？」

「え」

「美春さんが弱ってた理由」

はっとしたように目を上げた美春が、ふるりとかぶりを振った。

「崇将は悪くないよ。俺が勝手に落ち込んだだけ……」

「何に？」

「……言わない」

肩に顔をうずめて呟く美春はとても可愛いけれど、こうなったときの彼の守りが強固なのはこれまでの付き合いで知っている。

自分が我慢すればいい、と思っているときの美春は、なかなか本心を明かしてくれないのだ。我慢してほしくないから聞き出さねばならない。

やわらかな亜麻色の髪に指を差し入れ、頑固になっている頭をマッサージするように撫でながら崇将は確認する。

「佑季くんには言ったんですか？　落ち込みの理由」

「……ちょっとだけ。酔ってたし……」

聞き取るのもやっとの小声で返ってきた答えに、さっき無理やり抑えこんだもやもやがあふれて沸騰しそうになる。

崇将の心配は拒むのに、ほかの男には弱音を見せたのか。

（……駄目だ、話してほしいなら感情的になるな。落ち着け、落ち着け）

心の中で繰り返し、腹の底を灼《や》くような嫉妬をなんとか制御する。

「俺にもちょっとだけ話してくれませんか」

「…………そのうち、たぶん」

「今夜は駄目ですか」

「……心の準備ができてないので」

曖昧な返事は、心配する崇将に気を遣ったうえでの逃げに違いなかった。よほど言いたくないのだ。――佑季には言えるのに。

ぷちん、と懸命に抑えていた何かが切れる音が胸の奥で聞こえた。脳みそをちゃんと経由せずに低い声が口から漏れる。

「……わかりました。美春さんから聞くのはやめます」

「え」

「佑季くんに聞きます」

「な、なんで……っ」

「聞いた感じだと俺が絡んでいる問題っぽいのに、美春さんは言いたくないんですよね？ そしたら俺は自分が何をやらかしたか気づけないままですし、気づかない問題を解決することはできません。それは俺たちの今後にとってどう考えてもいいことじゃないです」

「いや、あの、だから崇将は悪くないって……っ」

「その判断は内容を聞いてからすべきだと思います。が、美春さんは話したくないんですよね？ この場合、俺にできるのは問題の内容を知る第三者に聞くことくらいだと判断しました」

「……ぐう」

「ぐう？」

突然おかしな鳴き声めいた声を出した美春に聞き返すと、崇将の肩に顔をうずめていた美春が目だけをこっちに向けて、唇をへの字にしている。困り顔とすねた顔のミックス、可愛すぎてびっくりだ。

「崇将の理詰め攻撃ってぐうの音も出せなくなる感じなんだけど、そしたら負けになっちゃうから……せめてものぐう」

（なんですか可愛いの塊ですか抵抗の仕方までとんでもない破壊力でヤバいにもほどがあるでしょう美春さん）

ひといきに出てきた感想は衝撃のあまり声にならない。

ふう、と大きく息をついてなんとか立ち直るものの、ため息と誤解したらしい美春はまた肩に顔をうずめてしまった。

「ごめん、変なこと言って……。呆《あき》れたよね」

「いえ。驚いたおかげで少し冷静になれました」

「ごめんって……」

可愛すぎて驚いたという部分が伝わらなかったのか、見えている範囲の白い肌が朱に染まる。おいしそうでくらくらする。

吸いつきたくなったという佑季の意見に完全同意だ。湯上がりの肌や髪からめちゃくちゃいい香りがしているのにも誘惑される。

（まずいな、問題を解決するのがどうでもよくなりそうだ……）

しかし、問題というのは後回しにするほど手に負えなくなる。放置した時間と解決にかかる手間及び時間は往々《おうおう》にして比例しているのだから、気づいたときに対策をとるべきなのだ。

誘惑との葛藤《かっとう》に眉根を寄せた崇将の脳裏に、ふいに素晴らしいひらめきが降ってきた。

感じやすい美春は、快楽に酔うと理性がゆるむ。普段なら決して口にしないようなことも言ってくれるし、ものすごく素直になる。

ということは、ベッドで話を聞いたら、誘惑に抗《あらが》わずに問題解決の糸口が摑めるのではなかろうか。

とりあえず本人の許可を得ようと崇将は赤くなった耳に触れ、驚かせないように低く囁《ささや》きかけた。

「俺としては佑季くん経由で聞くより、本当は美春さんから直接話を聞きたいんです。そのためにいまからあなたが理性を保っていられなくなることをしますが、いいですか」

「へ」

ぱちくり、と目を瞬いた美春は崇将の意図をよく理解できていないようだ。

「こういうことをしながら質問します、ってことです」

すっぽりと抱いている細い体の脚の間に手をすべらせ、パジャマの上からやわらかな果実を手のひらで包みこむ。びくりと身をすくめた美春の感じやすいそこをなだめるようにやわやわと揉《も》みつつ撫でると、素直に育ってゆく。

「あ……っ、ま、待って崇将……っ」

「はい」

手を止めて待つ。が、そこからは離さない。

崇将の手にぴったりフィットしつつある美春の果実は本人と同じくたいへんな美形で、すんなりと形よく、綺麗で魅惑的なピンク色をしている。しかもすこぶる感度がよくて素直かつ健気《けなげ》。崇将のお気に入りだ。

せっかく可愛がり始めたところなのに手を離すなんてありえない。もっと弄《いじ》り倒したいのを我慢するのがギリギリの譲歩ラインなのである。

とはいえ、感度がいいからこそ持ち主としては大変らしい。手のひらで包みこんでいるだけなのに美春は息を乱し、困り顔で見上げてくる。

「ほ、本気……？」

「もちろんです」

しっかり頷くと、ヘイゼルグリーンの瞳がおろおろと揺れた。ほとんど聞き取れないくらいの声でなにやら一人会議を始める。

「どうしよう……、崇将からさわってくれるのうれしいから拒みたくないけど、えっちな尋《じん》問《もん》って……、む、無理、そんなの想定外……っていうか俺、自覚ないけどまだ酔ってて夢でもみてる……？　や、でもこんな酔い方したことないし、変にリアルだし……。夢だとしても、崇将からせっかく……うう、二度とないかもしれないのに……？」

ぶつぶつ言っている美春の頬はふんわり染まっていて、迷ってはいるようだが嫌そうではない。普段ベッドに誘ってくれるときも遠慮がちだし、照れているだけかも。

あとひと押ししてみることにした。

「美春さん」

「な、なに……っ？」

肩を跳ねさせた彼の頬を包みこんで、無防備にひらいた唇に口づける。

いつも不思議なのだけれど、美春の唇は甘い気がする。いや、唇だけでなく全身だ。どこを味わっても甘やかにおいしくて、つい夢中になってしまう。

「ん……っふぅ、ん、んく……っ」

声も甘い。気持ちよさそうで、少し苦しそうなのが色っぽくて、もっと聞きたくなる。

可愛いなあ、という気持ちは、可愛がりたいという動きへと変換される。

気づいたら手が美春の果実を愛撫《あいぶ》していて、そこは完全に熱をもって芯が通っていた。布地ごしでもぬるりとすべる感触があるから、きっと先端をもう濡《ぬ》らしている。

しっかりパジャマを着こんだまま粗相する美春を見てみたい気もしたけれど、服を大事にする彼にとっては許しがたい行為かもしれない。念のために聞いてみる。

「脱ぎます？」

「………ん」

ためらうような間のあとに真っ赤になって小さく頷いた美春が可愛すぎて、崇将の情動も一気に盛り上がってしまった。

ぐっと下着ごとパジャマのズボンを引き下ろそうとすると、上から手を押さえられた。

「あ、あの、電気……」

「今日は駄目です」

「え……っ」

動揺している美春が可哀想《かわいそう》で可愛いなと思いながらつるんと脱がせ、あらわになったピンク色の果実を直《じか》に握りこむ。予想どおりすでに先端は濡れていてすべりがいい。

もっとあふれさせるように先端の小さな窪《くぼ》みを指先で刺激しつつ、手のひらを使って全体を包みこんで愛撫した。

「あっ、やぁんっ、先っぽ、だめぇ……っ」

「わかりました」

美春がいやがることはしたくない崇将だ。すぐに先端を弄るのはやめ、切なげにこぼれる雫《しずく》をすんなりとした茎全体に塗り広げるようにしながら強弱をつけて扱《しご》く。

「はぁあ……っん、や、崇将……っ、そんなしたら、すぐでる……っ」

いいですよ、と言いかけて、それでは意味がないことを思い出した。

美春を可愛がるのが楽しすぎてうっかり忘れかけていたが、本来の目的は快楽で理性をゆるめて「落ち込んでいた理由」を答えてもらうのだった。イキ顔を見たい気持ちを我慢して、崇将はいまにもはじけそうな果実を愛撫する手を止める。

「ゃ……っ」

「美春さんが落ち込んでいた理由、教えてください」

「い……、言わなかったら……?」

「言いたくなるまで続けます」

こくり、と唾を飲んだ美春は呆然とした顔をしている。

(いままで寸止めとかしたことなかったもんな)

崇将にとっては美春が望むだけ、望むように気持ちよくしてあげるのがベッドタイムの喜びであり、愉《たの》しみだ。快楽でとけてゆく美春を見るのが好きだし、本来受け入れるようにできていない体で同性の崇将の欲望を受け止めてくれる負担を思うと絶対に無理をさせたくない。だからひたすら甘やかし、可愛がり、大事にしてきた。

「……ほんとに、言わなかったらこのまま?」

潤んだ上目遣いが凶悪に可愛い。

前言撤回してあげたくなったものの、今夜ばかりは心を鬼にして頷いた。

「早く言わないと、ほかの場所も弄り倒しますよ」

「ほ、ほかの場所って、どこまで……」

「どこまでも、です」

容赦はしないというのを理解してもらうためにも、崇将は美春を抱き上げてローションやコンドームがそろっているベッドルームへと移動する。

「う、うそ、崇将が自分から……？　なにこれやっぱり夢……？」

動揺の呟きは小声すぎて崇将には聞き取れない。

腕に抱いたままベッドに腰かけると、美春は複雑な表情で固まっていた。緊張と期待めいたものが入り混じっているように見えて、崇将は眼鏡の奥で目を瞬く。

（いや、まさかな）

緊張はともかく、期待はないだろう。自分を正当化するような幻覚は罪深い、と自戒して崇将は美春に確認する。

「これ以上される前に白状する気はないですか」

「……ない、です」

小声ながらも明確な否定だ。

「わかりました。じゃあ言いたくなるまでさわらせてもらいます」

「ん……っ」

上だけ身に着けているパジャマの裾《すそ》から手をもぐりこませ、さっき絶頂寸前まで煽《あお》って放置した美春の果実に指を絡める。移動の間に少し落ち着いていたそこは再び簡単に実り、蜜をあふれさせて崇将の手の動きに合わせて淫《みだ》らな水音を響かせる。

「はっ、あっ、はぁ……っん、ひぁっ⁉」

びくん、と美春が体を震わせたのは、崇将がもう片方の手でつんととがった胸の突起をつまんだからだ。指先で縒《よ》りあわせるようにすると、ひっきりなしに高い声があがる。花蕾《からい》のような綺麗なピンク色が赤くなるまで弄るとイきそうになる、可愛い弱点だ。

「ああっ、あん、やぁっ、そこは……っんむ……」

「駄目」とか「いや」と言われると制止を聞いてあげたくなるから、言葉を奪うべく唇を唇で深く塞いだ。これも初めてのことだ。

張りつめた果実の根元を指で縛《いまし》め、吐精できないようにしておきながら感じやすい場所を弄り倒す。いつもと違う寸止め愛撫はきっと苦痛だろう。

びくびくと過敏に震えているのが可哀想なのに、触れなば落ちん風情《ふぜい》で懸命に耐えている姿はあまりにも色っぽい。たまらなくそそられる。自分にSっ気《け》はないと思っていたのに、もっと泣かせたくなってしまう。が、それもまた本末転倒だ。

染まった耳朶《じだ》を甘く嚙《か》み、自白を促す囁きを吹き込んだ。

「そろそろ言いたくなったんじゃないですか?」

「……まだ、我慢できるもん……」

とろとろに潤み、グリーンを深くしたヘイゼルの瞳はとけかけの綺麗な飴玉《あめだま》のようだ。声も甘く、舌ったらずな子どもっぽい話し方になっている。

おそらく陥落は近い。落ちたらたっぷり可愛がってあげようと心に決めつつ、崇将は濡れた目尻にキスを落として美春の果実を縛めている指を少しだけゆるめた。

「我慢しなくていいんですよ。……ほら、ここ、ちょっとゆるめただけであふれてくるじゃないですか。思いっきりイきたいでしょう?」

「イきたい……、けど……」

何か言いかけてふるりとかぶりを振る。

素直なのに、いつになく頑固だ。もっと責めの手を厳しくするしかないと決めるのにためらいはほとんどなく、我知らず唇が弧を描いた。

「仕方ないですね。お尻も弄りますよ」

「……っ」

腕の中の細い体がびくんと小さく跳ね、頬を上気させた美春が長いまつげを伏せる。——まるで頷くみたいに。

美春の果実から伝った蜜で可憐な蕾はたっぷり濡れており、絶頂目前のせいかすでにひくひくしていて、少し押しただけで素直に崇将の指をのみこんだ。

「あっ、はぁ……っ、んんー……っ」

ぎゅうっとつま先を丸くした美春が指一本で達してしまいそうになるのを、慎重に速度を加減しながら我慢させる。

きゅうきゅうと指を食い締めている熱い粘膜に煽られる。そこで包まれる悦楽を知っている自身がずくずくと疼《うず》いた。

「美春さん、早く言って」

「い、イかせてくれないの、崇将だよ……っ？」

「そっちのイってってじゃないです。わかってて焦《じ》らしてるんですか」

「そ、なこと、してな……っあぁあん……っ」

少し強引に指を増やしたのに、美春の口から飛び出したのは感じ入った甘い声だ。数回抜き差ししてさらにもう一本増やしても、こっちの脳がとけそうな声で啼《な》く。

「指でイく気ですか」

「ごめ……っなさ……」

涙目で謝るのが可哀想で可愛くて、ものすごくエロい。じっと見つめてしまうと、ふるりと震えた美春の中が崇将の指に吸いついてうねる。

本当に指だけで、しかも入れているだけで美春はイってしまいそうだ。

「俺のは欲しくない……？」

ごり、ととっくに臨戦態勢になっている欲望を美春の腰に押しつけると、綺麗な瞳が切望を湛《たた》えてとろりと濡れた。

「ほしい……」

「じゃあ、言って。なんで落ち込んでたんですか」

「……うー……」

こんなにめろめろなのにまだ抵抗する気らしい。思わず美春の首筋に顔をうずめて、熱のこもったため息をついた。

「頼むから、言ってください。美春さんの中に入りたいの、これ以上我慢できない……」

小さく息を呑《の》む気配に顔を上げると、目を見開いた美春に震える声で聞かれる。

「……崇将、俺に挿《い》れたいの……？」

「ものすごく」

何を当たり前のことを……と怪訝《けげん》に思いつつも本心から答えると、ぶわりと赤くなった顔を美春が手で覆った。全身の体温も上がったような気がする。

「美春さん？」

「……ん、ちょっと、待って。うれしいのがすごくて、なんか、いまダメだから……」

何が駄目なのかよくわからないけれど、待てと言われたからには待つ。

それにしても、崇将の膝の上で乱れたパジャマの上だけを身に着け、まろやかなお尻に三本も指をのみこんだ状態で顔を覆って恥じらう姿は、エロとピュアのギャップがすごい。どうせなら全体像をしっかり見たかった。

今後に備えて大きな鏡を置くべきだろうか……なんて検討していたら、ようやく美春が顔から手を離した。

その頬はまだ花のように染まっていて、おいしそうな色にかぶりつきたくなる。

「落ち着きました？」

「うん……。あの、落ち込んでた理由、ほんとにすごく我《わ》儘《まま》っていうか、どうしようもないことなんだけど……呆《あき》れない？」

どんな心境の変化があったのか、ようやく白状してくれる気になったようだ。

内容を聞く前に頷くなんて本来なら軽率だけれど、美春の我が儘なら呆れるより可愛いと思う自信がある。迷いなく頷いた。

「はい」

「じゃあ、言うけど……」

ためらいがちな口調で明かされたのは、今日の午後、『ｃｌａ』を訪れたときに崇将が美しい女性——白鳥を連れていたことに落ち込んだ、ということだった。

「白鳥さんは先輩だと言ったはずですが……？」

「うん、わかってるんだけど、なんかすごく仲よさそうだったし、やっぱり女性のほうが崇将と並んだときにバランスいいなとか思っちゃって……。いや、対抗するものじゃないって

ことくらいわかってるんだけど……っ」

可愛すぎてどうしようかと思った。

誰もが振り返る美形で、なんでも似合うファッショニスタで、オーナーにもセンスを認められて取り扱う商品のセレクトやデザインまで任されているカリスマ店長で、望めば男も女も手に入れられる魅力にあふれたひとなのに、崇将が女性といただけで妬《や》いてくれるうえに落ち込んでしまうのだ。

（やばい、顔がにやける……）

ゆるみそうな顔を隠したくて片手で口許を覆うと、なにやら誤解したらしい美春がショックを受けたようにヘイゼルグリーンの瞳を揺らした。

「ご、ごめん……。やっぱりウザいよね」

「いえ、全然。むしろ逆です」

「逆？」

妬かれるのうれしいです、と本心のまま言おうとして、口を閉じる。

自分もしょっちゅう美春の周囲の人間に妬くからわかるが、嫉妬はしんどい。本人にとって楽しい感情じゃないのにうれしいと言われても嫌なんじゃないだろうか。

コンマ数秒でその結論に至った崇将は、相手の負担にならない言い方を自分なりに脳みそから絞り出した。

「俺は大丈夫ですんで、美春さんが気にすることじゃないです」

「……うん？」

あまり伝わらなかったようだ。コミュニケーションは難しい。

とにかく、白鳥に妬く必要がないというのはしっかり伝えておこうと言葉を足した。

「この前、美春さんに買ってきた蝶のヘアクリップを売っている店を教えてくれたのが白鳥さんなんです。交換条件で俺の服を買っている店を教えるって約束してたんで、今日『cla』に連れて行きました。彼女にとって五十歳以下は恋愛対象外なので、俺はただの案内係兼アシとして使われただけです」

「……でも、綺麗な人だったよね」

「美春さんがそれ言います？」

「え」

「俺は、あなた以上に綺麗なひとを見たことがないです」

ただの事実を言っただけなのに、目を見開いた美春の頬がふわりと染まった。……本当に、こんなに綺麗なのに自覚が足りない。そこが可愛いところでもあるが。

こつんと頭に頭をつけて、真剣に頼んだ。

「どんなことでも、美春さんが不安になったり落ち込んだりしたときはちゃんと言ってください。言いたくないこともあるかもしれませんが、黙って抱えこまれるほうが心配ですし、トラブルの種になる可能性が高いです。我が儘だなんて思いませんから。俺は察する能力が低いんで、お願いします」

「……うん」

頷いてはくれたものの、美春の性格を考えると楽観視はできない。

（美春さん、すぐ遠慮するからな……）

そこも愛おしいけれど、もっと甘えてもらうために自分には何ができるだろう。とりあえずいまは、さんざん焦らしたぶんも含めてたっぷり気持ちよくしてあげたい。

話している間もずっと美春の中に入れっぱなしだった指をぐちゅりとかき混ぜると、息を呑んだ彼が縋《すが》りついてきた。

「ずっと入れてたからすごくやわらかくなってますね。……指と俺、どっちでイきたいですか」

「たかまさが、いい……っ」

「わかりました」

甘やかに切羽詰まった声で選ばれて、愛おしさと興奮がさらに増した。

ベッドサイドのいつもの場所から取り出したゴムを手早く自身に装着し、しなやかな背中を支えながらベッドに組み伏せた。長い脚の間に体を割り入れて、腰の位置を合わせる。着ているものを脱ぐ余裕も、パジャマの上を脱がせる余裕ももうない。

「入りますよ」

「ん……っ、きて……」

潤んだ眼差《まなざ》し、誘う甘い声は最高だ。とろけてひくひくしている蕾に自身を宛《あ》てがうと、ぴくんと体を震わせた美春の瞳がいっそう濡れた。

じっと顔を見つめながら腰を進めようとしたら、ふいに顔に手が伸びてきて眼鏡《めがね》を奪われた。

「美春さん……？」

「これは、ないほうがいいでしょ……」

「あったほうがいいです」

「……聞こえない」

嘘だとわかっていても、子どもみたいな口調が可愛くて叱る気にはなれない。

(美春さん、こういうときに俺が眼鏡かけてるの嫌みたいだからな)

崇将としては、亜麻色のやわらかな髪の先から桜色に染まる足の指の先まで完璧に美しい美春が色っぽく、しどけなく乱れてゆく艶《なま》めかしい姿を視覚でも堪能したい。が、男同士だからこそ見られたくないと美春が思っているのなら、無理強いはしたくない。

本音ではものすごく、ものすごく見たいけれど、我慢する。

「わかりました。眼鏡、避難させとくんで渡してください」

「ん」

素直に渡された眼鏡をベッドサイドテーブルに置いて、もう一度すっぽりと美春に覆いかぶさる。

これ以上の「待った」はもう限界なので、キスで深く唇を割るのと同時に、細い腰をしっかりと抱えてぐっと自らの腰を入れた。

「んんぅ……ふっ、んんー……っ」

ほころんだ蕾を圧力で開かせて、いちばん太いところまでを一気に押しこむ。熱くとろけた粘膜が絡みつき、うれしげに吸いつきながら締めつけてくる。

(……やばい、快《よ》すぎて理性が切れそうだ)

コンマ数ミリにも満たないとはいえ、間にコンドームを介していてもこれなのだ。ダイレクトに美春の内壁で愛撫されたら気遣いを忘れて本能のままに貪《むさぼ》ってしまう気がする。

呼吸のためにキスをほどき、互いの唇をつなぐきらめく糸を舌で拭うようにして切ると、息を乱しながらも美春が首のうしろに手を回してきた。

「……キス、もっと?」

「ん……、もっと。なかも、もっと……きて……?」

鼓膜に注ぎこまれるおねだりに自身がいっそう漲《みなぎ》り、腰からぞくぞくする。

美春はキスが好きだ。特に、上も下も崇将でいっぱいになっている状態が好きらしい。十分に呼吸ができなくて苦しそうにしていても、イくときはキスしていてほしがる。——つまり、途中までの挿入でもうイきそうなのだ。

（はー……ほんと可愛いな、美春さん）

愛おしくて、愛おしくて、もう食べてしまいたい。

そんな気持ちをこめて希望どおりにがっぷりと口を食べ、舌を甘噛みし、口内を深くまで味わう。ずぶずぶと自身で深くまで美春を貫きながら。

「〜〜〜〜っ」

声にならない悲鳴をあげて美春がびくびくと身を震わせる。内壁も痙攣《けいれん》しながら吸いつき、もっていかれそうだ。

ごちゅん、と先端が奥の粘膜にぶつかり、うねるように包まれた。崇将はキスをほどき、とけきったへイゼルグリーンの瞳をのぞきこむ。

「イった？」

「……って、ない……」

（嘘が下手《へた》だなあ）

薄い胸を大きく上下させている美春は全身を震わせていて、崇将を包みこんでいる粘膜もきゅうきゅうに締めつけながら痙攣している。胸までめくれ上がったパジャマの下、平らな腹部は白濁の蜜でとろとろに濡れていて、どう見てもイっている。今夜はかなり焦らしたから我慢できなかったのだろう。

なのに否認するのは、崇将のを抜かれたくないから。

達したあとも続けたらつらいのではと心配するものの、なかなか口を割ってくれなかったから崇将も今夜はものすごく我慢した。めちゃくちゃ気持ちいい彼の中から抜いてあげる余裕なんてない。

だから、美春の嘘にのせてもらうことにした。

唇を舐《な》めて、すんなりとした長い脚の膝裏を両手で摑んで体重をかける。

「続けていいですか」

「ん……っ、つづ、けてぇ……っ」

奥の奥まで拓《ひら》かれた美春が苦しげな、それでいて感じ入った甘い声で許可をくれる。遠慮なくがっつきたい衝動にかられたけれど、明日は遅番とはいえ仕事のはずだ。

(イきすぎた次の日の美春さん、色気がとんでもないことになるからな)

ただでさえ男女問わず惑わすひとなのに、あんな色っぽい顔を接客しながら不特定多数に見られるなんて絶対に許せない。

だからこそ崇将カウントで一回以上抱くのは次の日が休みで、美春の希望があったときのみにしている。つまり今夜は、いつもどおり一回で終わらせないと。

近いうちに条件が重なる日があるのを願いつつ、なけなしの自制心を振り絞ってゆっくりと腰を引いた。

「ひぁあぁん……っ」

「……っは、いい声……」

脳をとかすような甘くかすれた悲鳴にぞくぞくしながら、今度は深く押し入る。

熱くて、やわらかいのにきつくて、けなげで淫らな粘膜による最高の愛撫。

欲望のままにがつがつと腰を振ってしまいたくなるけれど、それだと取りこぼすものが多すぎてもったいない。

感じ入った色っぽい表情、もっと聞きたくなる声、すがりついてくる腕、汗に濡れてほんのり染まった艶めかしく輝く肌。崇将が与える快楽に素直に乱れ、とけてゆく美春の姿はまさに眼福、身体的快楽と同じくらい脳が快楽を得る。

何度も何度も穿《うが》ち、啼かせて、とけあった。

崇将の放埒《ほうらつ》に引きずられるように再び達する美春が愛おしく、荒い息をつきながら震えている体を抱きしめる。

「たかまさ……」

乱れた息の合間にとろりと呼ぶ声にねだられた気がして、吸い寄せられるように口づけ、果実のような唇を何度もついばんでいたら、背中に回っていた腕から力が抜けてシーツに落ちた。

絶頂後の疲労感で寝落ちてしまったらしい。

時計を見るととっくに日付は変わっていて、一日勤労したあとに飲んできたのに無理をさせてしまったと一瞬後悔する。が、美春を堪能したことで心身は満ち足りていた。

「……ベッド以外でももっと甘えてもらえるように、頑張ります」

汗に湿ったやわらかな色合いの髪を指先で梳《す》きながら、もう聞こえていないとわかっていて呟く。

狙いは間違っていないのに、アプローチがいまいちだということに崇将はいまだに気づけずにいた。

【5】


陳列棚の乱れを直しながら、美春はそっとため息をつく。

(この前の崇将、うれしかったなあ)

恋人でもない美春が勝手に不安になって嫉妬したり、落ち込んだりしていたら鬱陶《うっとう》しいだけだろうに、メンタルまでケアしてくれるなんてやさしすぎる。

あれから一週間たつのに、いまだに思い出を反芻《はんすう》してはにやけてしまう。

なにより、まさかあの崇将にエッチな尋問までしてもらえるなんて思いもしなかった。

彼からさわってくれるのがうれしくて、無理して隠すことでもないとわかっていながら尋問の時間を終わらせたくなくてつい頑張ってしまった。

手間をかけさせて申し訳なかったけれど、崇将らしからぬ意地悪にドキドキして興奮したし、その後のエッチもめちゃくちゃ気持ちよかった。

(いや、ほんとごめん崇将……! 俺ばっかり幸せで)

せめて崇将にも何か還元したい。自分といることにメリットを感じてほしい。

（いまのところ、服を選んであげるくらいしか俺が役に立ててることってない気がするんだよね……。家事は分担でやってるけど、崇将のほうが負担が大きいし）

『ｃｌａ』の店長、つまり責任者である美春は品出しやオーナーとのミーティングでたびたび残業するし、早番のときでも院生の崇将より帰宅時間が遅くなることが多い。

もともとルームシェアをする際に、美春が家賃等を多めに引き受ける代わりに崇将が多めに家事をしてくれるとは言っていた。

とはいえ、夕飯の担当はほぼ崇将固定、朝食も寝起きがいい彼が作ってくれることがほとんどで、帰宅するころにはお風呂の支度も共用空間の掃除も終わっている。買い物も彼が学校帰りに済ませてくれるし、名もなき細かい家事もいつの間にかやってくれている。美春が担当しているのは洗濯ものをたたむことくらいだけれど、それさえも帰宅時間によっては崇将が終わらせてくれているから「多め」どころかほぼ丸投げ状態だ。

（うう、俺ってダメ人間すぎる……！　崇将に甘えてばっかりだ）

もっと頑張らないと。でも何を……？　と脳内で堂々巡りをしながら再び嘆息したら、すっと佑季が近くに寄ってきた。

「……店長のため息、もしかして俺のせいですか」

「え、違うけど……ていうか俺、ため息ついてた？」

自覚がなかった美春がきょとんと聞くと、こくりと頷かれる。

「最近、めちゃくちゃため息増えてます。ちょうど俺がバーでやらかした次の日からだから、謝られて仕方なく許してくれただけで、ほんとは俺の処遇に困ってんのかなーって。寝込みを襲うって完全に痴漢《ちかん》ですもんね……。そんなやつが近くにいたら安心できないのわかりますけど、本当にあのときはちょっとどうかしてて……っ」

「いや、うん、ちょっと待って。大丈夫、ため息の原因って佑季くんじゃないから」

「ほんとに？」

「本当に」

キスマークはタトゥーシールで隠せたし、もう消えた。崇将が「……なるほど、その手がありましたか」とタトゥーシールに感心していたから、今後はつけてもらえるかもしれないとひそかに期待している……というのは内緒だけれど。

「じゃあどうしてそんなにため息つきまくる必要があるんですか」

「そう言われても、自覚してなかったからなあ……。あ、でも、考えごとしていたせいかも。ちょっと意見を聞いてもいい？」

「もちろんです！」

力強くＯＫしてくれた佑季に軽めに悩みを打ち明けてみる。

「自分ばっかり得してるなーって思っていて、相手にも何か返したいんだけどどうしたらいいかわからないときって、佑季くんならどうする？」

んー、と内容を咀嚼《そしゃく》するように首をかしげた佑季は、五秒もかけずに答えを出した。

「相手に聞きます。何かしてほしいことないかって」

「直球だね」

「無駄にカーブさせて失敗するくらいなら、直球のがよくないですか？　勝手に悩んで空回《からまわ》りしてるよりずっと建設的ですし」

「う……」

「とりあえず、こっちが相手のために『何かしたい』『感謝してる』ってことは伝わるじゃないですか。黙ってたら、どんなに感謝してても伝わらないですよね？　相手がエスパーなら別ですけど」

「……たしかにねえ」

「ていうか、崇将さんってエスパーの真逆ですよね」

「うん……って、な、なんで……」

名前を出してなかったのに、と動揺する美春に佑季がにんまりする。

「やっぱり。ていうか、店長から聞きにくいんだったら俺から聞きましょうか」

思いがけない提案に数回まばたきする。

それはたしかにありがたい。けど……。

「佑季くんって、崇将とそんなに仲よかったっけ……？」

「最近仲よくなりました。崇将さんって体が大きいうえに全然笑わないから前はちょっと怖いなーって思ってたんですけど、話してみたら意外と気が合って」

「い、いつ？　最近店に来てないよね」

彼らがそんなに話しているところは見たことがない。動揺する美春に、「え、聞いてないです？」と佑季が意外そうな顔になった。

聞いてない。なんだか胸騒《むなさわ》ぎがする。

閉店まであと一時間、ちょうどお客様もまばらで手も空《す》いている時間帯だ。ここはひとつ追及してみようと口を開いた矢先、店のドアが開くのと同時にパソコンに見慣れない表示が出た。

「いらっしゃいませ」

美春と声を合わせた佑季が、「うげぇ」と美春の内心と同じ声を小声で漏らした。

入ってきたのは、崩れた雰囲気のイケメン集団——ライヤたちだ。パソコンで点滅している表示はアラーム、前回の来店時に監視カメラに残っていた映像から警戒対象人物として登録しておいた結果だ。

「新作、全然入ってねえな〜」

「売れてないんじゃね？」

「これとか何年前のだよって感じだよな〜」

さっそく手近なものを手に取ったライヤたちが、前回と同じく嘲笑《ちょうしょう》しながら店内のアイテムをくさし始めた。

いくらお客様が少ない時間帯とはいえ、店内の雰囲気を悪くされるのも、間違ったイメージを吹聴《ふいちょう》されるのも本当に迷惑だ。

とはいえ、何か事件を起こさない限り追い出せないのが接客業のつらいところである。

いまの美春たちにできるのは、ライヤたちがほかのお客様に直接迷惑をかけることがないように注視し、いつでも、何があっても対処できるように心の準備をしておくことくらい。あとは「店内ではお静かにお願いします」と「お願い」の形で注意を促すくらいだ。

「性格の悪い暇人《ひまじん》ってほんっと害悪ですよね……」

ぼそりと呟いた佑季はアラームが点滅しているパソコンとスマホを同時に弄りながら顔をしかめている。『ｃｌａ』のスタッフ内でいちばん機械に強い彼は、現在防犯カメラ関係の担当者を引き受けてくれているのだ。

前回のようにひとしきり騒いでこきおろしたら何も買わずに帰るのかと思いきや、ライヤとその仲間たちはいくつかアイテムを腕に抱えてキープし始めた。

（……もしかして、気に入ったのがあったのかな）

口では文句を言いながらもキープするというツンデレっぷりに戸惑いながらも少しほっとしていたら、彼らが勝手にフィッティングルームのドアを開けた。

「試着しまーす」

「は、はい、どうぞ……っ」

ライヤの仲間のひとりが声をかけてくれ、思わず感動しつつ返す。授業をマトモに聞かない生徒たちが更生した教師はこんな気分なんじゃないだろうか。

本来ならフィッティングルームは持ち込み数に限りがあるし、入る前にスタッフに声をかけてもらうことになっている。ついでにいえばスタッフが付き添って一着ずつハンガーからはずして渡したり、パンツなら長さの調整にもあたる。

本日の閉店スタッフは美春と佑季だけだ。ここは店長である自分が行こうと、進みたがらない足を叱咤《しった》してライヤたちが囲んでいるフィッティングルームへと向かった。

が、気づいたライヤが追い払うように手を振る。

「あー……いいって、こっちは勝手に試してるだけだから。邪魔されると買う気失《う》せる」

「……わかりました。では、終わりましたらお呼びください」

お客様の中にはスタッフに付き添われるのが苦手というタイプがときどきいるから、素直に引き下がる。正直にいうと、ふざけあっている彼らの相手をせずにすんでほっとした。

しかし、それこそが間違いだったのを十分後に美春は知った。

「これは……⁉」

どさどさと目の前のカウンターに積まれたアイテムの状態に、瞳がショックに揺れる。

にやにや笑いながらカウンターにもたれたライヤが、同様ににやけている仲間たちを振り返った。

「ぜんぶナシだったわ、な？」

「マジなかったわー」

「襟《えり》ぐり、こんな伸びてるとかありえなくね？」

「こっちのベルトは壊れてるし」

「ボタン取れてんのもあるんだけど～？」

「ちゃんと管理しろよ～」

信じられない。けれど、目の前には不自然に傷《いた》めつけられた服やアクセサリー、小物が並んでいる。

監視カメラが置けないフィッティングルーム内で、彼らは持ち込んだアイテムに傷をつけ、壊し、ボタンを引きちぎり、襟ぐりや袖《そで》を伸ばし、暴虐の限りを尽くして駄目にしたのだ。

あまりのことに頭が真っ白になり、手が震えた。

やんやと囃《はや》したてるライヤたちの声も耳に届かず、怒りとショックが胸で渦巻いて何も言葉にならない。

どのアイテムもひとつずつ選んで、作り手やブランドに取り扱いの許可をお願いして仕入れて、誰かの幸せや喜びにつながるようにとスタッフたちとコーディネートやレイアウトなどを相談しながら丁寧に店に並べた品だったのに。ひとつずつに作り手の手間と誇りがこめられた作品だったのに。

視界が潤みかけた矢先、佑季の怒鳴《どな》り声があがった。

「なに言ってんだよ、これ、あんたらがやったんだろ！」

はっと我に返った美春が制止するより早く、佑季が言いつのる。

「ありえないのはそっちだろ！　こっちは商品管理にはめちゃくちゃ気をつけてんだ、こんな状態のを並べるわけないじゃん！　よくも白々《しらじら》しく……っ」

最後まで言わせずにライヤたちが大声で騒ぎだした。

「うーわー、自分たちは悪くないって？」

「証拠もないのに俺たちのせいに平気でするとかマジこの店ヤバくね？」

「冤罪《えんざい》だ～」

「そうやって買い取らせてんだろ？　悪徳商法～」

「これはSNSで注意喚起案件！」

「お客さーん、ぜひ撮って暴言拡散してくださーい」

店内に残っているお客様たちの注意を引こうとライヤたちは手を振ってアピールする。

離れたところにいれば事情など詳しくわかるはずもなく、スキャンダルの気配に吸い寄せられたかのように好奇の視線とスマホのカメラが向けられた。不穏なざわめきが店内に広がり、佑季が青ざめる。

「す、すみません、店長、俺……っ」

少し冷静になった佑季が謝ってくるのに、美春は大丈夫と小さく頷いた。何も大丈夫じゃないけれど、大丈夫にするしかない。

自分がここの責任者、店長なのだから。

ひそかに深呼吸をして、騒ぎたてるライヤたちに丁寧に声をかけた。

「お客様、お話は奥でうかがいます。こちらへ……」

「なんで」

店の奥、バックヤードへの案内をばっさり断ち切られる。

「わざわざ隠れて話すようなことじゃないじゃん？　ここの商品が不良品ばっかなのに値段だけ高くつけられてて、親切で壊れてんのを教えてあげたらそこのスタッフが俺たちのせいにして買い取らせようとしたってだけだろ？　あ、悪いことってわかってるから裏で話したい感じ？」

にやにや笑いで見事な濡《ぬ》れ衣《ぎぬ》を着せてくる。何も知らないお客様たちに聞こえるような大声で、わざと神経を逆撫《さかな》でするように。

ここでキレたら佑季の二の舞、また揚げ足を取られておおげさに喚《わめ》かれるだろう。それをスマホで撮っているライヤの仲間にネットに流されたら、真実かどうかなんてことは関係なく、おもしろおかしく店やスタッフたちを貶《おとし》める輩《やから》が湧いて出るのは目に見えている。

こんなとき、どうしたらいいのだろうか。

必死で考えている美春の顔から血の気が引き、こわばっていることに気をよくしたようにライヤの目が意地悪く細められた。

窮地《きゅうち》に追いやったネズミをいたぶる口調で逃げ道を示される。

「まあこっちも面倒はごめんだし？　土下座《どげざ》で謝罪するなら、許してやらなくもないけど」

「土下座……？」

「そ。ミーシャと、そこのうるさいのと、ふたり並んで俺たちに土下座。簡単だろ？」

ライヤの取り巻きたちが「ほんとだ、カンターン」「俺たちやっさし～」と囃《はや》したて、場の空気を土下座にもってゆく。全員スマホをかまえて。

ゲーム感覚のいやがらせ。わかっていても、追い詰められた。

店を任されている立場としては、お客様の前でこれ以上の争いを見せたくないし、警察を呼ぶようなおおごとにもしたくない。

謝ってすむなら……という気持ちが一瞬湧いたものの、楽しそうなライヤたちの顔を見ているうちに引っこんだ。こういう表情をどこかで見たことがある。

おぼろげな記憶をたどったら、幼稚園のころのいじめっこたちに行きついた。

（ああ、そうか……）

どうしたらいいか、やっとわかった。

こちらには何の落ち度がなくても、弱腰でいると加害者はどこまでもつけ上がるのだ。一方的に攻撃する快楽に味をしめ、何度も同じことを繰り返しながら要求をエスカレートさせる。反撃しないとやられっぱなしになる。

いちばん大事なのは、お客様とスタッフを守ること、お店を守ること。そのためにいまの自分にできることは。

心が決まった美春は、腹に力を入れて背筋を伸ばした。ヘイゼルグリーンの瞳でじっとライヤを見つめて、口を開く。

「スタッフの言葉遣いについては謝罪します。が、内容については事実を確認するべきだと思いますし、土下座をするつもりも、スタッフにさせるつもりもありません」

「はぁ⁉」

きっぱりと告げると、ライヤたちが表情を一変させて色めき立った。

恫喝《どうかつ》するような圧をこめた声音と表情、ブーイングに内心でびくりと震えるものの、表面上は毅然《きぜん》とした態度を崩さずに主張する。

「当店ではすべての商品の管理をきちんとしているという自負があります。品出しのときはもちろん、朝晩の掃除、接客の合間にも状態をこまめに確認するようにしています。壊れていたり、ほつれや型崩れを見つけたらすぐに売り場から下げていますので、どのアイテムもお手に取っていただいたときには問題なかったはずです」

「……なに？　俺たちが嘘ついてるって言いたいわけ？」

下からすくい上げるようにしてライヤににらまれても、目をそらさない。下手な返事はできないから無言を貫いた。

緊張のひとときのあと、ライヤの取り巻きのひとりからいちばん言われたくないフレーズが出た。

「証拠は〜？」

「……っ」

「そうだよな、そんだけ言うんなら証拠見せろよ。こっちは被害者なのに嘘つき扱いするんだから」

再びライヤたちが勢いを取り戻す。

証拠なんて、出せるわけがないとわかっているからだ。

フィッティングルーム内には監視カメラを設置できない。中で何が行われていたかがわかる映像はないし、フィッティングルームに持ち込む前に行われるはずだったスタッフによるチェックも彼らは受けていない。

つまり、彼らがやったと示せる物的証拠はなく、商品に問題がなかったと証言できる者は店側にもいないのだ。

言葉に詰まった美春が必死で頭をフル回転させて突破口を探していたら、天の救いのように店のドアが勢いよく開いた。

「証拠ならあります」

現れたスタイル抜群の長身、淡々としていながら迫力に満ちた低音ボイス。

（崇将……!?）

大きく目を見開いて美春が固まっている間にも、崇将は大股《おおまた》で店内を横切ってきた。

モデルであるライヤを見下ろすほど上背《うわぜい》があり、逞《たくま》しく引き締まった体格の持ち主である目つきの鋭い男が猛スピードで近づいてくる迫力ときたら、抜き身の大刀が迫ってくるようだ。気圧《けお》されたようにじりっとライヤたちがあとずさった。が、周りの注目を集めていることに気づいたライヤだけがすぐに表情を切り替える。さすがに見られることを仕事としているだけあるなと、そんな場合じゃないのに少し感心してしまった。

すぐ近くで立ち止まった崇将を、ライヤは挑発するように見返した。

「なんなの、おまえ」

「たまたまオンラインで買い物していた者です」

「は」

ライヤだけでなく、美春もぽかんとしてしまった。

たしかにネットショップも展開しているけれど、それが突然の来訪とどうつながるのかよ

くわからない……と内心で首をかしげたら、隣の佑季に肘《ひじ》で軽くつつかれた。何か訴えるように下手くそなウインクをされる。——とりあえず、この場は黙って様子見したほうがよさそうだ。

崇将が淡々とした口調で説明した。

「こちらのお店は『リアルに店内を回っている感覚でオンラインショッピングができる』という新しいサービスを始めようとしていて、数日前から俺はテストカスタマーとして買い物のしやすさやカメラ位置について担当者にアドバイスしていたんです。まあ要するに、店内の様子はリアルタイムで俺のスマホにも届いてたってことです」

「……だから？」

「あなた方の主張があまりにも一方的なので、第三者として意見させてもらうために来ました。まず、『商品の管理が悪い』という主張にはおおいに疑問があります。あなた方が触れたり試着したりしたもの以外、こちらの店内の商品に瑕疵《かし》は一切見当たりませんから。これは状況証拠になりますよね？」

状況証拠、という単語に一瞬ひるんだ様子を見せたライヤたちに、崇将は口調を変えずにたたみかける。

「次に、土下座という謝罪形態にも合理的な意味があるとは思えません。何のためにさせるんですか」

「な、なんのって……」

「謝罪といえば土下座だろ！」

半ば投げ捨てるように言われた言葉を、軽く眉を上げて崇将は打ち返した。

「グローバルスタンダードでは違いますね。だからこそ、そんな形だけのものを求める合理的な理由を知りたいんです。それによってあなた方の何が満たされ、何の罪が贖《あがな》われるんですか」

「な、なに言ってるんだこいつ……」

あのライヤがたじたじになっている。あくまでも落ち着いた口調で、淡々と詰めてくる男に得体《えたい》が知れない圧を感じているようだ。感情とその場のノリが「会話」である彼らにとって、理性と論理でのやりとりを求められること自体がもはや異文化なのだろう。

返事を待たずに崇将が重ねる。

「ちなみに、あなた方のクレームが自作自演で店側に落ち度がなかった場合、あなた方がしたことは器物損壊罪と威力業務妨害罪という立派な犯罪です」

「お、俺たちが嘘をついてるって決めつけるのか！」

嚙みつくライヤに崇将が眼鏡ごしに落ち着いた——見た者を凍《い》てつかせるような冷たい視線を向けて切り返す。

「いいえ？　俺は仮定の話をしただけです。が、少なくとも一連の流れを見る限り一方的な謝罪要求は理に適《かな》った行為とはいえません。きちんと原因究明と物的証拠を集めずに水掛け論をするのは不毛ですし、そちらが望むなら然《しか》るべき所へ連絡します」

「しかるべき……？」

「警察と弁護士です。当然でしょう」

迷いのない口調にライヤたちが動揺を見せる。あれだけのことをしておいて本気で反撃されるとは思っていなかったのだろう。本人たちにとっては「悪ふざけ」で、スリリングかつ負けるはずがないゲーム感覚だったのだから。

「やばくね？」と小声で言い交わし始めた取り巻きたちをにらみつけたライヤは、不遜《ふそん》な態度を崩さなかった。

「……まあ、当然だよな。べつにいいぜ、俺たちがやったわけじゃねーし」

「あくまでも自らの主張を貫く姿勢には感心します。俳優としてもやっていけるんじゃないですか」

真顔のコメントに戸惑った様子を見せたものの、ライヤはまんざらでもなさそうだ。が、あれは「いけしゃあしゃあと嘘をつく度胸《どきょう》は認める」という意味だ。喜んでいる時点で自分がやったと認めたも同然であることに気づいていないらしい。

崇将は眉ひとつ動かさずに続けた。

「気づいていないのかもしれませんが、店内には最新型の高性能な防犯カメラが複数台設置されています」

「だから？　店の中全体をカバーできるように配置してあるからって、それが何かの証拠になんの？」

「なります」

「は」

ライヤと取り巻きたちの声がそろった。

「店の中全体をカバーできると気づいているということは、防犯カメラの位置はチェック済みということですよね？　一回目の来店時が下見だったのなら周到さを褒めてあげたいところですが、総体的には雑な計画だったと言わざるをえません」

「……はぁ？」

剣呑《けんのん》な雰囲気になったのに、崇将は動じない。あくまでも淡々と話す。

「さっきも言ったように、この店に設置されている防犯カメラは最新型の高性能です。音声はオン・オフで選択でき、拡大すればボタンホールや生地の質感までクリアに見えるほど高画質、しかも動きもなめらかなカラー映像なのに、防犯用だけではもったいないですよね？　リモートでもリアルタイムの店内にいる感覚で買い物できる可能性があるということで、防犯カメラの映像をオンラインショッピングにも使えないか実験中だというのは先ほど言ったとおりです」

「はあ……？」

ライヤたちから三回めの「は」が出たけれど、今度は困惑と「何を言いたいかよくわからん」がメインのトーンだ。

「で、俺はテストカスタマーとして買い物中だったと言いましたよね。たまたまあなた方がリアル店舗を訪れた直後にネットショップにログインした俺は、生動画配信状態で店内の様子を見ていて、なんとなく気になったのでスマホで録画しておくことにしました。あなた方が手にした服や靴、アクセサリーなどに偶然にも俺も興味を引かれたんで、こっちに向かう寸前までそれらをアップで確認していました。……要するに、フィッティングルームに持ち込まれる直前の状態がクリアな映像で残っているので、第三者の立場で、本当に『管理が悪かった商品』かどうかを確認する資料をいつでも提供できるってことです」

「‼」

ようやく自分たちの不利を理解したライヤたちが顔色を変えてざわつき始めた。「どうする？」「さすがにヤバくね？」と漏れ聞こえてきたあと、ライヤが急に大声をあげる。

「おっと、そろそろ撮影の時間だったわ。こんなことしてる場合じゃねえな」

「逃げる気ですか」

すかさず入った崇将の鋭い声に顔をしかめたものの、肩をすくめて嘯《うそぶ》いた。

「は？　なんで俺たちが？　時間がないから今回はもういいってこと」

「そうそう。話があるならまた今度な～」

「ライヤ、急がないと遅れちまうぜ」

仲間たちもこれ幸いとばかりにライヤにのっかり、そそくさと出て行こうとする。その行く手を崇将の長身が阻《はば》んだ。

「な、なんだよ……っ」

噛みつくように言いながらも体は後ろに引けているライヤの肩に手を置いた崇将が、耳に顔を寄せて何か囁く。

ギクリと身をこわばらせたライヤが小声で何かを言い返したけれど、崇将がぼそぼそとさらに何かを告げたら勝負は決したようだった。

悔《くや》しそうにしながらもきびすを返し、足音も荒く美春たちのいるカウンターへと向かってくる。緊張しながらも目をそらさずに立っていたら、ぞんざいな口調で思いがけないことを言われた。

「それ、ぜんぶ買う」

あごで示されたのは、彼らに駄目にされた数々のアイテムたちの山だ。直せば着用できるものもあるけれど、商品にならないものがほとんどなのに……と戸惑っている間にカードを出したライヤが怒鳴った。

「早くしろ！」

「は、はいっ、お買い上げありがとうございます」

反射的に接客マニュアルのお礼を口にして、急いでレジを通す。会計済みの品を手際よくたたみ、梱包するのは佑季だ。にやにや笑いを我慢しているみたいに口許が不自然に波打っている。

彼らが台なしにした商品は、すべてライヤによって買い上げられた。来店時の勢いはどこへやら、苦虫を噛み潰したような顔をしつつもどこか怯《おび》えているようなライヤを中心に、戸惑いの気配を湛えた男たちは大量の荷物を抱えて店を出て行く。

ドアが閉まったら、店内の空気もゆるんだ。どこからともなく拍手が起こる。

無事に乗り切れたのを実感して安堵のあまり力が抜けてしまいそうになったけれど、美春は背筋を伸ばした。居合わせてしまったお客様たちに謝罪する。

「お騒がせしてすみません。どうか気分を切り替えてお買い物を楽しんでくださいね」

いつも以上の笑顔を意識してにっこりしたら、全員が「うっ」「ひぇっ」などの奇声を漏らしつつも頷いてくれた。

閉店時間が迫っていたこともあって、その後は次々にレジカウンターにお客様が来ててんてこ舞いだった。

崇将に、まだ帰らないでね、と目線だけで訴えたら、頷いた彼は静かに壁際で待っていてくれた。ちなみに微動だにしないせいで何回かマネキンと間違われかけていた。

最後のお客様を見送って、七時半にようやく店を閉める。大きく息をついて、美春は振り返って頭を下げた。

「崇将、さっきは本当にありがとう」

やっとお礼を伝えると、「いえ」と簡潔に返した彼がなぜか佑季に視線を移した。

「もう来ないと思いますが、万が一のことがあったらまた連絡してください」

「了解《ラジャ》！」

ビシッと敬礼の真似《まね》をする佑季に美春は目を瞬く。

「えっと……、ちょっと待って、佑季くんが崇将に連絡したの？」

「はい。約束してたんで」

（約束……⁉）

予想以上に親密な様子に内心で動揺する。酔って寝てしまった美春の首に佑季がキスマークを残したときには、直接話をすることさえない関係だったのに。

「……ふたりって、いつからそんなに仲よくなったの？」

「仲がいいかどうかは別として、連絡を取り合うようになったのは最近です」

「最近って、具体的には……？」

あんまり追及したら鬱陶しいかもと不安になりながらも我慢できずに聞くと、特に気を悪くしたふうもなく崇将はあっさり答えた。

「美春さんがキスマークをつけられて帰ってきた翌日に、開店時間に合わせて『ｃｌａ』に来て佑季くんと連絡先を交換しました」

「いや〜、ビビリました。あの日って店長は遅番だったじゃないですか。店長がいない時間帯に崇将さんが来るのなんて初めてだったんで、キスマークの件で殴りこみに来たのかと震えましたよ」

「暴力で解決できることじゃないのに、殴るわけないでしょう」

「いまなら崇将さんがそんなキャラじゃないってわかるんですけど、まさか『今後の対策を話し合おう』ってダイレクトアタックかまされるとか思わないじゃないですか」

「た、対策……？」

「はい」

詳しく聞いてみたら、崇将はどこまでも崇将だというのを思い知る内容だった。

お酒を飲んでいるうちにうっかり寝落ちて、首筋にキスマークをつけられたのは普通に考えれば無防備すぎる美春の落ち度になるのだけれど、崇将は違った。

「意識がなかった美春さんを責めても無意味であり、今後同じような事態を起こさないためには佑季くんのほうに話をしておくべきだ」と結論づけ、実行したのだ。

「俺としても店長たちに変に誤解されたくなかったんで、ミーシャさんの大ファンだけど推しとどうこうなりたいわけじゃないっていうのをちゃんと説明しました！」

ビッと親指を立てた佑季と崇将は、美春を守りたいという目的が一致していることに気づいて協力関係を結び、もうひとつの懸案事項の対策も練ることにした。

ライヤのいやがらせ対策だ。

佑季は高性能な防犯カメラが入ったときから防犯以外での活用法を考えており、リアルタイムでネットショッピングというアイデアをもっていたものの、知識不足で具体性に欠けていた。

一方、崇将も美春の身の安全のために防犯カメラを活用できないか考えており、佑季のアイデアを聞いたときに今回のオンラインショッピングのテストカスタマーを装った「いざというときの証拠を確保し隊」を思いついたのだという。

ちなみにテストカスタマーという身分は「盗撮」と言われないためだが、実際にネット上の見え方などをテストしていたから嘘ではない。

自分たちがイメージしている「防犯カメラ連動のオンラインショッピングのサイト」を実現するのは可能なのか、可能なら見積もりはどのくらいになるのかを調べようとした崇将は、頼れる先輩の高遠が溺愛している恋人が在宅プログラマー（天才らしい）と聞いたことがあるのを思い出した。

さっそく高遠に連絡をとってみたら、「『たぶんできると思う。ちょっとやってみるね』って言ってるから待ってて」という返事がきて、翌日にはテストサンプル用のβ《ベータ》版が仕上がってきた。しかもβ版といいながらどこにもバグがなく、素人《しろうと》にも使いやすいという天才っぷりだった。

見積もりのつもりがβ版納品まで飛び越えてしまったものの、このクオリティなら文句などない。料金について話し合おうとしたら、思いがけずに高遠の知人のＩＴ系社長が「ほかにもニーズがありそうだな」とシステムを買い取ってくれることになり、崇将たちはテスト版のプロモーターとして無料になった。持つべきものは人脈である。

あとは崇将が店内のどこにも死角ができないようにカメラの画角を計算して、現場にいる佑季が角度を調整して、そのうえで商品がクリアに映るレイアウトをキープした。オンラインショッピングで買い物しやすい見え方は、ライヤたちに何かされてもわかりやすい状態とイコールだ。

ライヤたちが来店したらすぐに佑季が崇将に連絡を入れ、崇将は即サイトにログインして録画を開始した。『ｃｌａ』でも防犯カメラの映像は録画しているけれど、画質がよければそのぶんメモリが必要になるから一日で消える設定になっているからだ。崇将の録画は万一の場合の保険であり、必要なときにすぐ出せる「第三者が入手した状況証拠」にもなる。

佑季からの連絡を受けた崇将はすぐにバイクで『ｃｌａ』に向かった。スマホで店内の様子を見ていなくても、イヤフォンで音声を聞いていればだいたいの状況はわかる。

理詰めでものを考える崇将はディベートが得意だし、相手は理不尽なクレーマーだ。ライヤたちが気軽に鬱憤《うっぷん》晴《ば》らしにこないようにきちんと話し、いざとなったら『cla』の客として警察を呼ぶつもりだった。

「本当に間に合ってよかったです。まあ、もしものときは佑季くんに電話で反論の仕方を伝えるつもりでしたが」

「それって……」

体は子ども、頭脳は大人な某人気名探偵のスタイルじゃないだろうか。

「やってみたかったな～！」と佑季は残念そうだけれど、この表情豊かなやんちゃ可愛い顔で崇将の淡々理詰め口調……ギャップがすごすぎて熱がないか心配してしまいそうだ。

「まあでも、崇将さんが来れる時間帯でよかったです」

「あ……、そうだよね。いつでも来れるわけじゃないもんね」

教授の指導を受けている最中だったり、実験中だったり、バイト中だったり、地方の学会に参加しているタイミングだったりした場合、崇将は駆けつけられないし、某名探偵スタイルも難しい。

そういうときはどうする気だったのかと思えば、シンプルに佑季が「警察を呼ぶ」ことになっていた。

「防犯カメラで証拠を確保しておけば、美春さんたちが困る展開はないですから」

なるほど、そういえば「いざというときの証拠を確保し隊」という名だった。たとえ時間がかかっても、証拠さえあれば法的に対処できる。どこまでも実用的。

（てことは、崇将が乗り込んできてくれなくてもなんとかなるはずだったんだ）

それなのにバイクを飛ばして、ライヤたちを撃退してくれたことに胸がきゅんとなるけれど、ときめいている場合じゃなかった。知りたいことはまだある。

「崇将、最後にライヤにどんな魔法をかけたの？」

「魔法……？」

「台なしにされた商品たちを買わせたときのこと」

「あっ、それ、俺も知りたいです！」

佑季も手を挙げる。興味津々な美春たちにあっさり彼は魔法の言葉を明かした。

「『物的証拠を残してくれるなら、ありがたく活用します』です」

「物的証拠って……、そんなのあった？」

映像による状況証拠しかないのではと首をかしげるのに「はい」と頷かれる。でも、但《ただ》し書きが付いた。

「その場で出せる効果的な証拠にはならないんです。解析に時間がかかるので」

「あっ、指紋とか、髪の毛とか？」

佑季がピンときた様子で例を挙げたけれど、美春としては疑問を挟まずにいられない。

「でもそれって、試着するときに付いたって言われたら終わりじゃない？」

「指紋と髪の毛、単体ならそうですね」

「単体なら？」

「駄目にされた商品とあわせていい証拠になるんです。現代の解析技術をもってすれば、対象物に付着した皮膚表面の細胞のＤＮＡでかなり具体的に多くのことがわかります。痴漢の実証や冤罪防止もできるレベルです。また、力学的変化も数値化できるので、解析する時間さえとれれば『誰が』『どんなふうに扱ったか』がわかるので犯人の特定が可能なんです」

「おお……！」

佑季と一緒に感動する。

要するにライヤは、裁判になれば確実に彼らの負けになる「物的証拠」だから買い取らないわけにはいかなかったのだ。

「悪いことだってわかってて保身するくらいなら、最初からああいうことしなきゃいいのにねえ……」

ため息をつくと、うんうんうなずいた佑季が眉根を寄せて不穏な予測を呟いた。

「これで終わりならいいですけど、アイツらのことだからそのうちまたいやがらせに来そうですよね。リベンジだ～、とかいって」

「それはないと思います」

さっくりと崇将が否定した。

「何か根拠があるの？」

「あの人ら、警察沙汰になったらヤバいものを常習しているみたいなんで」

「は」

「煙草《たばこ》と香水の中にかすかに混じっている薬草系の匂いが気になったので、ちょっと鎌をかけてみたら見事に引っかかりました。駄目にした商品をぜんぶ買って行ったのも、髪の毛とか採取されて足がつくのが怖かったんでしょうね」

「そ、それって……まさか……」

脳裏《のうり》によぎったのは危険な粉や錠剤、違法なハーブ。実際はどうなのかわからないけれど、もし予測が当たっていたら。

「やめさせたほうがいいんじゃ……」

「あんなことされたのに心配してやるんですか？」

とっさに出た言葉に崇将が眉を上げる。佑季も「絶対遊び感覚でやってるし、言うこと聞くわけないんだから放っておけばいいじゃないですか」とドライだ。

「たしかに『自己責任』ってやつなのかもしれないけど……、ヤバいってわかってて周りが全然関わらないで放置するのって、なんか違う気がするし……。ライヤたちを止めずにいたら、彼の周りにもどんどん広がっていって、よくわからないまま巻き込まれる人たちもいるかもしれないし……」

眉を下げながらも心配を口に出すと、ふむ、と崇将が納得顔になった。

「一理あります。日本では自己責任論が幅《はば》をきかせすぎたせいでトラブルを一個人の問題として片付けがちですが、社会問題の最小単位は個人ですからね。放置して解決するレベルの問題でなければ介入が必要でしょう。正直、俺としてはあいつらがどうなろうとどうでもいいですが、一応彼の所属事務所に匿名《とくめい》で連絡を入れておきます」

「それでなんとかなるかな」

「わかりません。あとのことは事務所と本人次第です」

すぱっとした答えは突き放しているように聞こえるけれど、ただの事実だ。ライヤの連絡先を知らない自分たちにできることはもうないし、現状を変えるかどうかは本人たちの問題になる。

「あ」

「あ？」

ふと何か思いついたように声をあげた佑季を見ると、彼が予想外の人の名を挙げた。

「オーナーのＳＩＮＯ《シノ》さんにも言っといたらいいんじゃないですか」

「どういうこと……？」

「ＳＩＮＯさんって業界でも有名ですし、影響力ありそうじゃないですか。もしライヤのことを事務所が野放《のばな》しにしてもＳＩＮＯさんから各所に注意喚起を促してもらって、圧力かけたらいいんじゃないですか」

「うーん、どうだろ……。影響力はある人だけど、ＳＩＮＯさんって仕事以外は適当っていうか、自由人すぎて反応が読めないんだよねえ」

「え〜、あんなゴージャスノーブル美形なのに？」

「顔は関係ないって。ていうかなに、ゴージャスノーブルって……」

思わず佑季にツッコミを入れると、本人ではなく崇将が割って入った。

「ゴージャスでノーブルということでしょうが、本題から話が逸《そ》れていますね。戻しましょう」

「「はい」」

佑季とふたりで神妙に頷く。

「たしかに、機嫌を損ねる危険を冒したくないならライヤは一回目の来店時にオーナーと美春さんに関するくだらない妄想を口にはしなかったでしょうし、今回のように商品を駄目にするといういやがらせもなかったはずです。オーナーに関しては不確定要素が多いですが、人脈を活用できるかどうかは置いといて連絡を入れてみては？」

「う、うん。そうだね、そうする。日報でライヤの今後についても相談してみる」

「は〜、今日の日報めんどくさいですね……！　でも、とりあえずは一件落着ってことでＯＫですか」

佑季の確認に頷いて、美春は崇将に向き直った。

「今日は本当にありがとう。崇将のおかげで助かったよ」

心からの感謝を改めて伝えると、ふ、と彼が眼鏡の奥の瞳をやわらげた。

「たいしたことじゃないです。恋人のためですし」

「え」

恋人？　いま「恋人」って言った？　それって誰のこと……あっ、もしかして佑季くんと付き合い始めたってこと⁉　胸騒ぎの原因ってこれだった……⁉　と内心で衝撃を受けて固まっていたら、さりげなく崇将が美春の腰を抱き寄せて佑季を見下ろした。

顔をしかめた佑季が肩をすくめる。

「あーはいはい、わかってますって。店長にはもううっかりでも何もしないって、この前約束したじゃないですか」

「俺は何も言ってないです」

「態度に出まくってるから！　そういう牽制《けんせい》はもういらないですって」

うんざり顔の佑季が言った言葉がようやく脳に届いて、美春は首をかしげた。

「牽制……？　崇将が佑季くんに？　なんで？」

「恋人にちょっかいを出した男に釘《くぎ》を刺しておくのは当然でしょう」

「恋人って、誰と誰が……？」

「美春さんと俺以外の誰がいます？」

崇将が怪訝そうに眉根を寄せるけれど、こっちこそ大困惑中だ。

「お、俺たち、付き合ってたの……!? いつから？」

「六年前からですけど……って、美春さんにとっては違ったんですか」

ようやく美春との認識の差に気づいた崇将の顔が不穏に翳《かげ》った。返事によっては怒らせてしまいそうで背筋に緊張が走るけれど、これまで信じてきた関係をそう簡単にひっくり返されてもにわかには信じられない。

おろおろと訴える。

「だ、だって俺は崇将が好きだけど、崇将は違うでしょ？ 男に興味があるわけじゃないし、一度も好きって言われてないし、俺に魅力を感じてる様子もないし、俺が頼りないから面倒みてくれて、同情で相手してくれてるっていうか……」

「……は」

地を這《は》うような超重低音にびくりと身をすくめると、自分を抑えるように目を閉じた崇将が深く息を吐いた。

再び目を開けて、真剣な瞳で見つめて告げる。

「同情なわけないです。俺のほうが断然美春さんに惚れてますし、あなたのことを世界でいちばん魅力的だと思っています。そんなひとが俺のものってだけで幸せなんで性別とか心底どうでもいいですし、なんでもしてやって一生大事にしたいって思ってます。ていうか、あれだけ抱かれててわかってないとかおかしいでしょう」

「お、おかしくないよ！　男同士なら体だけっていうのもよくあるらしいし、崇将には何も言われてなかったのにわかるわけない……っ」

「はいはい、痴話《ちわ》ゲンカはそれくらいにして」

衝撃のあまりいつになく熱くなって言い返していたら、呆れ顔の佑季に割りこまれてはっとした。

ようやくここがどこか思い出して、ぶわーっと全身が羞恥に熱くなる。

謝ろうにも声も言葉も出てこずに口をはくはくさせている美春、なにやら深刻に眉根を寄せている崇将に向かって、佑季がにっこり笑顔で出口を指さした。

「正直、傍《はた》から見てたら完全にコントですよ。せっかくなんで最後まで見ていたい気持ちもあるんですけど、こじれっぷりがヤバそうなんでさっさと帰ってちゃんと話し合ってください。あとのことは俺がやっとくんで」

頼もしいスタッフに勧められ、唇を引き結んだ崇将にも無言の視線で圧をかけられて、美春はドナドナと市場に連れていかれる気分で『ｃｌａ』を後にした。

帰宅したふたりは、リビングのローテーブルを前に向かい合った。

「それで」

ずっと無言だった崇将が発した声の低さに、びくりと肩が跳ねる。

おそるおそる目を向けると、じっとこっちを見つめている彼の表情は真剣ではあるものの怒っているようではない。ドキドキしながら続きを待つ。

「なんで美春さんは、俺が同情であなたと一緒にいるって思い込んでたんですか」

「お、思い込んでたって……」

「こっちとしては六年前に両想いになって以来、着実に関係を深めることができてると思ってたんですけど」

ため息混じりに言われても、美春からしてみたら崇将の認識こそが謎だ。

とりあえず、聞かれたことに正直に答えることにした。

「えっと……、さっきも言ったけど、崇将ってもともと男に興味ないよね。それで、俺のこと一度も『好き』って言ったことないじゃん？」

「は」

「へ」

「ありますが？」

なに言ってるんだ、のトーンの返事には、それこそ「なに言ってるんだ」という感想しか出てこない。

「い、いつ⁉　ていうか言われてないよ⁉　俺、崇将にそんなこと言ってもらってたら絶対覚えてるもん……！」

「当たり前です、美春さんは酔ってても記憶があるタイプなのに忘れていたなんて言い訳は許しません。そして俺は言いました。およそ六年前、あなたが大学三年、俺が大学二年の十一月の飲み会の帰り道です」

きっぱりと、具体的に示された時期に目を瞬く。

「……え、うそ、あれって違うよね？」

「何がですか」

「あ、あれって、絶対告白って感じじゃなかったよ⁉　あれでしょ、おんぶしてもらってたときでしょ？　俺が恋愛的な意味で『好きなんだけど』って言ったのに、崇将は……っ」

「『俺も好きです』って言ったじゃないですか」

「言ったけど！　でもすんごいフツーの感じで、全然驚いてもいなくて、いっこもためらわない即答で……っ」

だからこそ美春は「正しく伝わらなかった」と思ったのだ。こっちが意図した恋愛的な意味でなく、友人としての「好き」を返してくれたのだと理解した。

ところが崇将は怪訝な顔をするばかりだ。

「どうして驚かないといけないんですか？　事前に美春さんから『男が好きかも』と聞いて

いたので自分が恋愛対象に入る可能性は理解していましたし、そうなったらいいと思って俺はあなたのそばにいました。さいわいあなたは俺にいちばん心を許してくれ、ほかの人には向けない好意を感じる甘え方をしてくれるようになったので、いつかは恋人に昇格できるだろうと思っていました。期待が実現したわけですから、喜んで即答するのは当たり前じゃないですか」

「え……でもあんな、ふつうのテンションで……？　喜んでいるように全然見えなかったけど……？　いや、でも……崇将って基本そうだし、わかりやすく大騒ぎしたり動揺したりってないか……。そういえばあのときは顔も見えてなかったし……」

ぶつぶつ言っているうちに、いまさらのように納得する。

そうなのだ、どっしりかまえていて表情があまり変わらないのが崇将で、そういう部分も大好きだ。ただ、恋愛的最重要ポイントとでもいうべきシーンでもあれなのか。

さすがにあのさらっとしたやりとりで両想いが成立していたとは思っていなかった。崇将のキャラの理解が足りなかった自分が悪い……のか？

「や、でもさ……、崇将、男には興味ないって言ったよね？」

「はい。男には興味ないですが、美春さんは別です。言おうとしたのですが、その言い方だと美春さんを男性として認めていないと思われる可能性があるので黙っていました」

「ええ……」

その気遣いはありがたいような、恋愛対象外だと思わされていた身としてはそうじゃないような、なんとも複雑な気持ちだ。というか、それを置いといても。

「俺のこと恋愛対象にしてるっぽい言葉とか、態度とか、全然なかったよね？」

「え」

どうして衝撃を受けた顔をしているのか。

もしや自分がまた見落としていたのかと焦りつつ、美春は急いで根拠を挙げる。

「す、好きって言ってくれたのってその飲み会帰りの一回だけでしょ？　でも俺には『友達としての好き』に聞こえたから恋人としてはノーカンなの。なのにそのあと一回も言ってくれてないよね？　しかもキスもえっちも、俺から誘わないとしてくれないじゃん。ていうか、誘っても条件とかつけるし……っ」

「それは……」

「俺のこと欲しくないいんだなって、ボランティアとか同情で付き合ってくれてるんだろうって思っても仕方なくない⁉」

赤くなりながらもなんとか言い終えたら、崇将が眼鏡の奥で目を閉じて深く嘆息した。

「……なるほど、自分にも非があったのを理解しました」

よかった、こっちだけが悪いんじゃなかった、とほっとしたら、目を上げた彼がいつになく苦々しげな表情で思いがけないことを言った。

「最大の失敗は、俺が美春さんに遠慮しすぎていたことでした」

「遠慮……？」

「まずひとつめ。『好き』などの好意を表す言葉を本当は言いたいのに口にしてこなかったのは、美春さんの負担になりたくなかったからです。俺からの『好き』がなかったと言いましたが、同じく俺も美春さんからもらっていません」

「う……、たしかにそうだけど、俺は片想いだって思っていたから、言っても崇将が困るだけだと思ってて……っ」

「美春さんの性格からすればそうでしょうね。でも俺はそんなこと知らなかったので、あなたが『好き』を言うのが苦手なのだろうと推測しました。また、あなたは誰よりも美しいですが、それゆえに受けたハラスメントで女性のように扱われるのを本心ではいやがっている可能性に考慮して外見に関する褒め言葉もセーブしていました。要するに、こちらから好意的な言葉を何度も伝えると精神的負担になる可能性を鑑《かんが》みてあえて言わずにいたのですが、まったく伝わっていなかったのは想定外です」

「そ、そうだったんだ……」

「次にふたつめです。美春さんに誘われないと手を出さなかったのは、同性と付き合うのは初めてだったので、タイミングを全面的にあなたに任せたほうが負担をかけずに済むと思ったからです。条件をつけていたのも同様の理由です」

真顔で言われた内容がうまくのみこめなくて数回まばたきする。と、彼がさらに嚙み砕いた。

「もともと俺は自分から積極的に相手を求めることはなかったのですが、美春さんに関しては初めて自分から好きになったひとなので別でした。はっきり言うと、いつでもさわっていたいし、ずっとキスしていたいし、いくらでも抱きたいです」

「……っ」

「でも、美春さんは男性です。同性に抱かれるのをあなたが本心でどう感じているのかはわからないし、本来抱かれるようにできていない体で受け入れてもらうのは負担をかけてしまう。それに、イかせすぎた翌日は目のやり場に困るくらい色っぽさが増してしまうんです。総合的に判断すると、セックスするなら美春さんが望んだときに、翌日のスケジュールに合わせるべきだと思いました。……でも、それであなたを不安にさせていたのなら、俺の好きにしておけばよかった」

瞳を見つめたまま腕を摑まれた。ぐっと引き寄せて、抱きしめられる。一気に鼓動が速くなった。

「俺はもう我慢しません。……いや、色っぽいあなたを大勢の目にさらすのは耐えられないので翌日のスケジュールは確認しますが、それ以外は好きなようにやらせてもらいます。いいですか」

怒濤《どとう》の告白、いきなりのハグにドキドキしすぎて息もできない。回らない頭からは、本心からの言葉しか出てこなかった。

「う、うん……、よろしくお願いします……！」

かすかに笑った気配がして、彼が少しだけ腕をゆるめる。顔をのぞきこまれた。

「美春さんも」

「俺も……？」

「俺の気持ちはわかりましたよね？　ずっとあなたが好きでした。いまは愛しています。一生そばにいたい。そばにいてください」

「……っ」

こんなに一気にもらってしまっては甘い言葉に慣れない心臓と脳みそがついていけない。フリーズ状態で大きく目を見開いてると、崇将が視線を合わせてとどめを刺した。

「あなたも俺のこと、好きにしてください」

「む、無理ぃ……」

動悸《どうき》がひどすぎて普通に座っていることさえできなくなった。とっさに否定の言葉を呟いて床に崩れかけた美春を抱いて支えながら、崇将が眉根を寄せる。

「なんでですか」

「……そのままが、好き、だもん……」

なんとか正直な想いを声にすると、眼鏡の奥で彼が目を瞬いた。

「そのままでいいんですか？　ずっと誤解させてたのに」

「そうだけど……、理由を聞いたら、俺のことばっか大事にしてくれてただけだし……そんなのもう、好きしかないって……」

照れつつも小声で答えると、ぎゅうっと抱きしめられた。首筋に顔をうずめた彼が心からこぼれるように呟く。

「可愛い」

「……っ」

「好きです、美春さん」

「う、うん、俺も……っ」

ドキドキしながらも答えると、崇将が顔を上げて瞳をのぞきこまれる。

「俺のこと、好きですか」

「うん……」

「ちゃんと言ってほしいです」

真顔での要求に目を瞬いて、気づく。

自分たちが何年もすれ違っていたのは、ちゃんと言葉にしなかったからだ。どんなに不安でも、照れくさくても、大事なことを正しく伝えたいなら言葉にしないと。

そのことを理解したからこそ、崇将はさっきこっちがパンクしそうなくらいストレートな言葉をぜんぶ言ってくれたのだ。

今度は、美春のターン。

ずっと言いたくて、怖くて言えなかった気持ちを、いまなら言える。言ってもいい。言わないと。

こくりと唾を飲んで、高鳴る鼓動に負けないように震える声を発した。

「崇将が好き。大好き。ずっと好きだったし、いまは愛、し、てる……」

言いながらどんどん顔が熱くなって、照れくささで声が途切れる。眼鏡の奥でうれしそうに目を細めた崇将が、先を促した。

「それから?」

声も表情もいつになく甘いのに、斟酌《しんしゃく》はしてくれないらしい。でも、二度とすれ違わないためにもこれは自分たちにとって大事なこと。

壊れそうなくらいに鳴っている心臓を意識しつつ、深呼吸をしてからさっきもらった言葉への返事をした。

「俺も……、一生、崇将のそばにいたい、です」

「ぜひ」

短く答えた彼が、見たこともないような満面の笑みを見せた。

その威力に心臓が止まったような気がした直後、きつく抱きしめられて鼓動が再開する。胸がいっぱいでうまく呼吸できずに仰《あお》のいたら、笑みを湛えた唇に唇を深く奪われた。無防備に開いていた口に艶めかしいものが入ってきて、美春の舌と思考を搦《から》め捕る。

口づけは最初から遠慮がなかった。

ベッドの中以外ではこれまでされたことがないような、エロティックにとけあうキス。美春を自分のものとして遠慮なく味わい、甘やかし、煽り、理性ごと舐めとかしてぐずぐずにしてしまう。

最初は眼鏡がぶつかる感覚が慣れなかったのに、すぐに気にならなくなった。

密着した硬い体に敏感なあちこちがこすれるのも気持ちよくて、体に全然力が入らない。口の中からとかされる。

「たか、まさ……っ、も、俺……っ」

「キスだけでイきそう？」

敏感になった唇にかかる吐息にぞくぞくしながらも頷くと、目を細めた彼が熱くなった美春の頬に愛おしげに口づける。

「ベッド行きます？」

「行きたい……、けど」

「けど？」

「先に、お風呂……」

入ってくるね、まで言わせずに崇将が「わかりました」と美春を抱き上げた。

「たたっ、崇将……っ⁉」

「一緒に入りましょう。美春さん、もう歩けないでしょう」

「そ、そうだけど、いやでもあの……っ」

「ドア、開けてください」

「あ、うん」

ＬＤＫのドアを前に頼まれて、とっさに腕を伸ばして協力してしまう。

「脚、ぶつけないように気をつけてください」

「うん……って、あの、そうじゃなくてね……っ？」

慌てて長い脚を折りたたみ、崇将の肩に腕を回してぴったりとくっつきながらも口での抵抗を試みたのに、「しゃべってると舌噛みますよ」と忠告されて黙るしかなくなる。

すたすたと危なげなく歩いている崇将はどことなく上機嫌だ。戸惑っている間に洗面所兼脱衣所に到着し、丁寧に床に下ろされる。

「あのっ、あのさ……っ」

「美春さん、聞いてください」

今度こそ、と口を開いたのに機先を制された。見上げると、真顔で見返される。

「俺はさっき、これからは自分のしたいようにする、と言いました」

「う、うん」

「でも、美春さんがいやがることはしたくありません。そうなるとひとつ、問題が発生します」

「問題……？」

「俺がしたいことと、美春さんがされたくないことが一致している場合です。具体的には、いまから俺はあなたと一緒に風呂に入りたいし、全身洗ってあげたいし、俺を受け入れてもらう準備もしたいと思っています。これらに関して、これまで何度か伺《うかが》いを立ててみたのですが毎回断られてきました。が、俺としてはどうしてもあきらめきれません。可能なら譲歩してほしいのですが、どうですか」

淡々と、それでいて熱を帯びた口調で訴えられた内容にぽかんとしてしまう。内容が脳に浸透してくるにつれて、じわじわと全身が熱くなってきた。

なんだか立っていられずに床に座り込んで小さくなりつつ、美春は真っ赤な顔で崇将を見上げた。

「……本気？」

「本気です」

しゃがんで目線を合わせた彼がしっかり頷き、怪訝そうに眉根を寄せる。

「なんでそんなこと聞くんですか」

「だって……俺、男だよ？　胸なんかないし、逆にいらないもの付いてるし……。あんなとこ、準備したいとかさ……」

「美春さんが男性なのは最初からわかっていますが？　そもそも俺はべつに乳房に特別な思い入れがあるタイプじゃないですし、逆に美春さんの平らな胸にピンク色の感じやすくて小さな乳首があるのがとても色っぽいと思っています。そして、いらないものって何ですか？　まさかあんなに綺麗で感度良好で濡れやすくておいしそうな、俺の手にぴったりのペニ……」

「わああっ、言わなくていいっ！　ていうかなにその形容……っ」

「なにって、美春さんの」

「だから言わなくていいってば！」

とっさに崇将の口を手で押さえ、羞恥のあまり涙目でにらむ。ふ、と眼鏡の奥の瞳が楽しげに細められたと思ったら、彼が美春の手を摑まえた。

口から引き離して、手のひらにキスをする。押さえたときと同じ口なのに、触れ方で感触が全然違う。くすぐったさに腕が震えると、ちらりとこっちに目をやった彼が視線を絡めたまま手のひらを舌先で舐めた。ぞくぞくとそこから甘い痺《しび》れが広がる。

「たかまさ……っ？」

「はい」

返事をしながらも指をしゃぶり、脈打つ手首を甘噛みし、手のひらを舌先でくすぐる。そのどれもがぞくぞくしてたまらない。

愛撫中の手をぐいと引っぱられたら、簡単に体が崩れて倒れこんでしまった。すっぽりと抱き留めた彼に唇を奪われ、手を手で愛撫される。

「んん、ん、んぅ……っ」

気づいたら、あぐらで座った崇将の膝の上で服を乱されていた。しっとりと汗ばんだ素肌を大きな手のひらが味わうように撫で、感じやすいところで遊び、いっそう体温と感度を上げさせる。

「美春さん」

「……ふぁい……?」

「ここもずっと食べてみたかったんですけど、いいですか」

くつろげた下衣、さらに下着の中にもぐりこんできた大きな手ですっかり張りつめている自身を包みこまれて、びくりと体が震える。

とけかけの理性と羞恥心が一気によみがえって、ぶんぶんとかぶりを振った。

「だ、だめ、そんなとこ……っ」

「でも、美春さんにはいらないものなんですよね？　俺の好きにしてもよくないですか」

「ちが……っ！　いらないっていうのは、崇将にとってって意味で……っ」

「勝手にいらないなんて言わないでください。ここ、可愛がってあげると美春さんがめちゃくちゃエロくなってくれるお気に入りなんですから。というか、俺にとって無価値だと誤解されていただけなら、やっぱり好きにしてもかまわないですよね」

「かまう、かまうから……っ！　んっ、そんな、弄っちゃ……っ」

「すごい濡れてきた……」

　感心したような低い呟きに、かあっと全身が熱くなる。先端からあふれる蜜ですべりがよくなって、崇将の手が動くたびに淫らな水音がたってしまう。

「ねえ美春さん、うまそうじゃないですか」

　耳元で囁かれて、無意識のうちに厚い肩にうずめていた顔を促されるままに下に向けたら、彼の手の中で雫をあふれさせている自身が目に入ってどっと鼓動が速くなった。

　うまそう、と言われたけれど、あながち嘘じゃない。刺激されて濃いピンク色に染まったそこは甘い果実のようで、とろとろに濡れた先端はグラサージュされたフルーツのような艶《つや》を纏っている。

　ここを食べてみたかった、と崇将は言ったのだ。要するに「口に入れたい」と。

　想像するだけで脳が煮えた。とろっとさらに蜜があふれる。

「だ、だめ……」

「なんで」

「なんでって……」

「『恥ずかしい』もしくは『申し訳ない』以外の理由がありますか？　あれば一応聞きますが、なかったら俺の好きにしますから」

さらりととんでもない通達を出されてしまった。

急いで理由を考えてみたけれど、感じやすい器官にゆるく愛撫を与えられたままではまともな思考などできるはずもない。そもそも彼が挙げた理由以外なかったりする。

困っているうちに切羽詰《せっぱつ》まってきた。乱れた息、抑えきれない甘い声の音色が変わったことに気づいた崇将が手を止める。

「このパンツ、秋の新作って言ってましたよね。汚れないように脱がせますね」

「ま、待って、だめ……っ」

「好きにしますって言いましたし、反論の時間もあげました」

言いながら、力が入らなくてろくな抵抗もできない美春から下着ごと服を取り去ってしまう。剝《む》き出しになった果実を見て舌なめずりをするように唇を舐めた崇将の舌にぞくりと背筋が震え、美春は観念した。

でも、どうしても譲れないラインは訴えた。

「……あの、せめて、お風呂に入ってから……」

「俺はこのままがいいです」

「それは……、まだ、ほんとに、むり……」

ぐしゅ、と涙目になると、淡く笑った崇将に目許にキスを落とされた。

「わかりました、今回は譲歩します。『まだ』ってことは、今後に期待していいんですもんね？」

そうくるのか、と思ったものの、下手なことを言って譲歩を取り消されるのは困る。思わずため息がこぼれた。

「なんか崇将、ちょっと強引になってるー……」

「これまではめちゃくちゃ遠慮して、たくさん我慢してきたんで」

即答に目を瞬くと、視線を合わせて真顔で告げられた。

「これからは俺も希望をガンガン出していくんで、絶対無理っていうとき以外は付き合ってほしいです。美春さんの希望があれば俺も全面的に付き合いますし。ずっと一緒にいるんだから、お互いにベストな状態を探していきましょう」

「……うん」

いまさらのように両想いなのが完全に腑《ふ》に落ちて、戸惑いが消える。

これからずっと一緒にいるなら、遠慮してばかりじゃ駄目で、かといって自分本位でもいけない。ふたりの希望を持ち寄って、すり合わせて、ちょうどいい状態を見つけてゆくのだ。

下に続いて上も脱がされて、アクセサリーやピアスまで丁寧にはずされる。明るいところで生まれたままの姿をさらす緊張に鼓動が速くなったけれど、怖くはなかった。

明るいおかげで、崇将の欲情を湛えた熱っぽい眼差し、デニムを押し上げている彼の興奮も見えたから。うれしくて、ドキドキして、煽られる。

「俺も……、崇将を、脱がせたい」

「どうぞ」

初めての願いは即座に受け入れられ、本人の協力も得て美春はおぼつかない手で初めて恋人を脱がせた。

逞しく引き締まった体が現れるにつれて、ドキドキが加速する。

いつもの間接照明のベッドルームで見る陰影の濃い裸体も迫力があって格好いいけれど、明るいところではなめらかで張りのある素肌、自分と違って濃い色をしている胸、下腹部の茂み、立派な性器がクリアに見えて、無意識にうっとりとしたため息が漏れた。

「さわっていい……?」

「あとで」

端的な却下に目を瞬くと、苦笑した崇将に美春自身を握りこまれる。

「ここ、洗う前に舐められるの嫌だって言ってたでしょう」

「う、ん……っ、それは、や……っ」

「美春さんにさわられたら、止められなくなる自信があります。すべきことは先に済ませましょう」

うん、と赤くなりつつ頷いたら、美春を抱き上げかけた彼が「あ」と動きを止めた。

「ひとつ、お願いがあるんですが」

「なに……？」

「コンタクトに替えてもいいですか」

ぱしぱしとまばたきして、美春は基本的すぎる確認をする。

「持ってるの？」

「一応。一年くらい前に友人に勧められて試しに作ったんですけど、美春さんが眼鏡のほうが好きって言ってたので普段は使ってないです」

「そ、そっか……」

自分の好みに合わせてくれていたことに、じんわり胸があたたかくなる。おかげで大事なことを聞く勇気が出た。

「……萎えない？」

「は」

「その……、男を抱いてるっていうのがクリアに見えたら、嫌かなってずっと思ってたから」

「……そんなこと思ってたんですか。ああ……、だからか……」

なにやら納得したように呟いた崇将が、ひとつ息をついた。美春の頬を包みこんで額をくっつけ、視線を絡めて諭《さと》す。

「俺が体ごと愛したいのは『性別』じゃなくて、『美春さん』なんです。好きなひとの色っぽい姿を見て嫌になるわけがないでしょう。むしろ、ずっと見たいと思っていました。あなたがいやがるから我慢してましたけど」

「そ、そうなんだ……？　ごめん……」

「いえ。俺たちは本当に、お互いに言葉が足りてなかったですね」

「うん……」

「これからは、一緒に頑張りましょうね」

「ん」

約束するように口づけを交わす。

コンタクトレンズは脱衣所兼洗面所の棚で保管してあったから、美春の許可を得た崇将はその場で眼鏡からコンタクトに替えた。

（はー……、こっちも格好いい……。好きすぎる……！）

知的な眼鏡姿も最高だけれど、眼鏡をしていないと視線の強さが際立って目をそらせなくなる。

内心で盛大にときめいている美春を抱いてバスルームに運んだ崇将が、耳元で囁いた。

「ぜんぶ、俺に洗わせてくださいね」

熱のこもった声にドキドキしながらも頷くと、さっそく彼がシャワーを出して、香りのよいボディソープを手に取った。軽く泡立ててから美春の肌にすべらせる。ソープのぬめりのせいでいつもと違う感触はひどくエロティックで、性的な場所じゃなくてもぞくぞくして息が上がる。

すらりとしなやかな肢体を丁寧に撫で回し、くまなく洗っていた大きな手は、迷いなく双丘の間にも伸びた。

長い指がソープのぬめりを借りてなめらかに入ってくる。ゆっくりと抜き差しされるだけで気持ちよくて、ぬちゅぐちゅと淫らな音に合わせて甘く濡れた嬌声《きょうせい》がこぼれてバスルームに反響した。

「……声、響くのいいですね」

「あぁあ……っ、あん、声、やぁ……っ」

「じゃあキスしててあげます。顔上げて」

囁きに促されて顔を上げると、がっぷりと口づけられた。

これで安心……かと思いきや、口内からも快感を与えられてやっぱり喉声が漏れてしまう。でももう気にしていられない。

泡と水気がふたりの肌をなめらかにとけあわせ、交わらせる。くっついているだけで気持ちよくて、もっとひとつになりたいと無意識にねだるように美春は泡だらけの体を恋人の引き締まった大きな体に猫のように擦りつけた。つんととがった胸の突起、張りつめている自身だけでなく、体中が甘く痺れるように気持ちよくて止められない。

「……っ」

重なりあったままの唇で崇将が息を呑んだ気配がして、腹部を押す彼の熱塊がぐんと質量を増した。それが与えてくれる快楽をよく知る体の奥がきゅうんと甘く絞られる。

「たか、まさ……っ、も、いれて……っ？」

「まだ、駄目です」

耐えきれずに訴えたのに、息を乱しながらもきっぱりと断られた。

「なんで……っ」

「俺だって、すぐにでも美春さんの中に入りたいです。でも、無理はさせたくない。ここ、まだ十分にやわらかくなってないでしょう」

「だいじょ……ぶ……っ、も、気持ちいい……っ」

「まだです。もっと快《よ》くなってもらってからじゃないと」

「やぁあん……んっ、んぅう……っ」

反論しようにも、再び深いキスで声をのみこまれて叶わなかった。ぐちゅ、と少し強引に指を増やされて圧迫感が増したけれど、それもひたすら気持ちよくてガクンと膝から力が抜ける。

全身ぴったり密着している崇将には立っていられなくなったのが伝わったようで、細い背中に回した腕でしっかり抱いて支えたまま、片腕を伸ばしてシャワーの向きを変えた。

「一回流しますね」

「ん、ふぁあ……っ」

過敏になっている肌に降ってくるお湯の粒さえ甘い刺激になって、濡れた声が勝手に口からこぼれる。

「シャワーで感じてしまうんですか……？」

「た、たかまさが、焦《じ》らすから……っ」

真っ赤になって言い訳したら、凛々《りり》しい唇の端が上がった。

「すみません。でも、もう少し我慢してください」

「えっ、あっ、あぁあんっ」

指を途中まで引き抜いた彼が、双丘の間にシャワーを浴びせて中まで洗う。初めての感覚がもたらす快楽と羞恥に混乱して泣き声が漏れるのに、甘い響きがあるせいか恋人の手は止まってくれない。

「たか、まさ……っ、も、や、そこやぁ……っ」

「本当に？　すごく気持ちよさそうですけど」

「でも、やなの……っ。崇将のが、いい……っ」

「……ん、可愛い」

笑みを湛えた唇でキスを落として、崇将がようやくシャワーを止めてくれる。肩で息をしている美春をバスタブの縁に腰かけさせたと思ったら、脚の間に跪《ひざまず》いた。

張りつめて蜜を滴らせている自身が丸見えになる格好にぎょっとして膝を閉じようとしたのに、両手で逆に押し広げられた。予感に鼓動が乱れる。

「た、崇将……、まさか……」

「洗ったから、いいんですよね」

まっすぐに見上げての発言は、質問じゃなくてただの念押しだ。

約束を守ってくれた彼に「駄目」とも「いや」とも言えず、美春はぎゅっと目をつぶって頷いた。直後、内腿《うちもも》に硬質な髪が触れて、張りつめて過敏になっているところを温かく濡れた粘膜ですっぽりと包みこまれる。

「ひゃん……っ、まっ……て、それ、すぐでちゃう……っ」

ただでさえ絶頂をずっとおあずけにされていたのだ。耐えられそうになくて訴えたのに、聞いてもらえなかった。崇将はおいしいものでも食べるようにピンク色の果実を舐めしゃぶり、深くほおばり、甘噛みする。そのうえ、さっきまでさんざん弄り倒していた蕾にまで長い指を入れてきた。

ソープを洗い流されたあとの指はぬめりがないぶん感覚がダイレクトで、ぶわっと中からも快感が押し寄せた。

「あぁあっ、やぁっ、だめ、ほんとだめっ、イくイく、イっちゃ、……ッ」

ぐうっと内壁の弱いところを押すのと同時に先端に舌先を差しこまれたら、もう我慢できなかった。目の前で星が散り、黒髪に指をうずめて美春は達してしまう。——彼の口内で射精してしまったばかりか、飲ませてしまった。

びくびくと震える果実を深く含んだまま、崇将の喉仏が上下する。

「うぅ……、ご、ごめ……っひん……っ」

残滓《ざんし》まで吸い出すようにされて、半泣きで謝る声が乱れた。震えるそこから形のいい口を離した崇将が、唇を舐めて見上げてくる。

「どうして謝るんですか？　早すぎたから？」

「ふぇ……？」

「たしかに俺としてはもう少し美春さんを可愛がりたい気持ちもありましたが、反応がいいのも最高に可愛いので問題ありません」

フォローがズレていて脱力する。でも、ほっとした。

「……崇将、ほんとに俺が男でもいいんだね……」

「まだそんなこと考えてたんですか」

かり、と達したばかりで過敏になっているところを叱るようにかじられて、びくんと身をすくめながらも美春は頷く。

「ん……、ごめん。ずっと不安だったから、崇将が男としての俺の体をそのまま愛してくれるっていうのに、まだ慣れないみたい……」

「でも、少しずつは慣れてきた？」

れる、と今度はさっきかじった場所を舐められる。

「う、ん……っ、崇将の、おかげで……」

男の体ならではの場所をそんなに愛おしげに、おいしそうに弄られていたら、「本当は嫌なんじゃ……」なんて思う余地などなくなる。

胸にあふれる喜びをこめて黒髪を撫でた美春は、思いきって自分からも希望を出してみた。

「あのさ……、俺も、してみたい……」

「何をですか？」

「だから、その……崇将のを、口で……」

だんだん小声になってしまいながらも、ずっとしてみたかったのだと訴えると、眉根を寄せた崇将が口許を手で覆った。

「ご、ごめん、いやだった……？」

「そんなわけないです！」

語尾にかぶる勢いで否定がきた。目を瞬くと、ひとつ息をついた彼が真顔で告げる。

「そんなこと言ってもらえるなんて思ってなかったんで、聞き間違いかと。正直、美春さんが俺のを咥《くわ》えている姿を想像するだけでイけそうです」

「そ、そこまで……⁉」

「美春さんは自分のビジュアルの破壊力をわかってないです」

きっぱりとした断言はうれしいけれど、複雑な気分にもなる。

「……そんなに、この顔っていいかなあ」

「顔だけじゃないです」

眉を下げた美春の目をまっすぐに見て、崇将が真摯《しんし》な口調で続けた。

「中身あってこそ、です。シャイな美春さんが俺のを口でしたいって言ってくれたってだけで、たまらない気持ちになります。ていうか、顔だけ、中身だけなんて魅力を分けようがないです。俺はまるごとの美春さんが好きなんですから」

「そ、そっか……」

言われてみれば、自分も崇将のすべてが好きだ。きりりと端正で愛想のない外見も、生真《きま》面目《じめ》な性格も、落ち着いた低い声も、何気ない癖も、とにかくすべてに惹《ひ》かれる。

外見を褒められることに無駄に過敏になっていたのを自覚して反省していたら、さらりとした口調で彼が続けた。

「美春さんが不安になったらいけないので言っておくと、これまで俺はあなたの希望に合わせてベッドでは明かりを暗くして、眼鏡をはずしていましたよね。視覚的快楽はほぼない状態でしたが、見えなくても美春さんの敏感な反応や色っぽい声にめちゃくちゃ煽られましたし、受け入れてくれるけなげさが愛おしくて、しかもあなたの中は最高に気持ちよくて、一回で終わらせるのが大変なくらいでした。じつは無理させないように、抱く前には風呂場で一回抜いていたくらいです。終わったあと、無防備にぐったりしている姿にもすごくそそられて……」

「わーっ、もういい！　もう十分です！」

真っ赤になって遮る美春に崇将がくすりと笑う。体を起こしてバスタブの隣に腰かけた彼が、美春を抱き寄せて額にちゅっと口づけた。

「照れ顔も世界一綺麗で可愛いです。大好きです、美春さん」

甘い仕草、眼差し、言葉。これまでが嘘のように惜しみなく与えられる甘いコンボ攻撃の威力は凄《すさ》まじい。真っ赤な顔を恋人の肩にうずめて美春はうめく。

「崇将、なんかすごい好きって言ってくれるようになってるー……！」

「我慢してたって言ったじゃないですか」

笑った彼がくしゃりと水気を帯びた亜麻色の髪を撫でて、滴るような色気を含んだ低音で囁いた。

「……本当に、してくれます？」

こくりと唾を飲んで、頷く。やってみたかったのは嘘じゃない。

とはいえ、さっきとは逆のポジション——崇将の膝の間に座りこんだ美春は、目の前にそびえる熱根に圧倒され、少し気後《きおく》れしてしまった。

「は、入るかな……」

「美春さんの口、小さいですもんね。無理そうなら……」

「無理じゃないから……！　やります！」

気合を入れて宣言すると、ふ、と笑った崇将が「お願いします」とまた髪を撫でてくれた。

これまでのベッドタイムでは暗くしていたから、明るいところで、こんなに間近で彼の性器を見るのは初めてだ。大柄な体軀《たいく》に見合ったサイズなのはわかっていたけれど、こんなのが自分のお尻に入るばかりか、あんなに気持ちよくしてくれるなんて信じられない。

「ん……」

迫力の熱塊に手を添えて、邪魔にならないように髪を耳にかけてからドキドキしながら唇を寄せる。すでに濡れている先端をぺろりと舐めてみたら、変な味だけれど嫌じゃない。ぴくんと震えたのも可愛くて、もっと反応してほしくなる。

一度口にしてしまえば、怖気《おじけ》づいていたのはどこかへ行ってしまった。歯を当てないように気をつけながら先端をできるだけ含み、口に入りきらない茎の部分は両手で愛撫する。

（崇将は、どうしてたっけ……）

参考にしようにも、気持ちよすぎて翻弄《ほんろう》されていたから覚えていない。こうなると恋人の反応だけが頼りなのに、大きな熱塊で口内の粘膜や舌を刺激されているだけでぞくぞくして頭がはたらかなくなってしまう。

は……と熱のこもった息をついた崇将が、彼のものでふくらんでいる美春の頬を撫でた。

「すごく、気持ちいいです。……美春さんも、気持ちよさそう」

「ん、ふ……っ」

とろとろに潤んだヘイゼルグリーンの瞳と視線を合わせて、崇将がねだる。

「もう少し、喉奥まで入れられます？」

「んぅ……」

できるかどうかわからないけれど、好きな男に気持ちよくなってほしくて美春は懸命に喉奥を明け渡そうとする。ずず……っと入ってくるもので口をいっぱいにふさがれて、息苦しさで目の前が霞《かす》む。

「ああ……、上手です。すごいね、こんなとこまで入れてくれた……」

喉を撫でられて、苦しいのになぜか気持ちよくて瞳がさらに濡れた。いつの間にかまた勃《た》ち上がっていた自身の先端も濡れる。

灼《や》けるような視線で奉仕する美春をじっと見つめた崇将が、大きく熱い息をついた。

「あー……、視覚の暴力がすごくて、自制できなくなりそうです。もういいですよ」

「んんん……っ」

ずるるる、と引き抜かれるのにぞくぞくしながらも、やだ、と訴えたくて美春は熱塊の根元を握りしめてかぶりを振る。崇将が鋭く息を呑んだ。

「ちょ……っ、駄目ですって、それは……っ」

「んぐ、んぅー……っ」

「美春さん……っ」

自分の動きが彼のものを口内で愛撫するようなものだという自覚もなく、懸命に抵抗していたらそれがいっそう嵩《かさ》を増した。あまりのサイズに思わずえずくと、ずるっと引き出されるのと同時に顔に熱いものがかかる。

「……ああもう、だから言ったのに……」

ぐしゃりと黒髪をかき上げた崇将が深いため息混じりに呟いて、呆然としている美春の顔を仰向けさせた。

「すみません、顔にかけるつもりはなかったんですけど。大丈夫ですか？　目に入ったりしてないですか？」

焦った様子の彼をとろんとした顔で見上げて頷き、首をかしげる。

「出たの……？」

「……すみません」

眉根を寄せて再び謝った彼は不機嫌そうだけれど、よく見たら耳が赤くなっている。照れているのだ、と気づいたら、言いようのない喜びと愛おしさが胸にあふれた。

自然に顔がほころび、美春は頬を汚す白濁を指で拭って舐めた。

「ちょ……っ、美春さん、そんなの舐めなくていいから……！」

「ん……、なんで？　崇将は飲んでくれたのに」

「あなたのはいいんです。でも俺のは……っ」

「俺だって、崇将のだからいいんだよ。ふふ、うれしいな……。上手にできなかったのに、俺でイってくれたんだ？」

喜びの笑みを湛えた唇でミルクを舐める猫のように指を舐めていたら、魂まで抜け出てしまいそうなため息をついた崇将の膝に横向きに抱き上げられた。

「ちょっともう美春さん、エロさと可愛さが飽和《ほうわ》しています……」

「ええ……？」

きょとんとするのにぎゅうっと抱きしめられて、彼の表情が見えない。でも、密着した体で感じる鼓動、達したばかりなのにまだ全然萎えていない彼の熱が腰を押してくる感触で、呆れられていないのはわかった。

安堵と幸せに満たされて広い背中を抱きしめ返すと、顔を上げた彼が複雑な苦笑を見せる。

「ただでさえ誘惑の塊《かたまり》だったのに、ますます危険になりましたね」

「誰が……？」

「美春さん以外いません」

即答に異論を唱えたかったものの、「流すから、目閉じててください」と指示を出されて目も口も閉じるしかなかった。

やさしい手で美春の顔を洗ってくれた彼がほっとしたように呟く。

「暴発させられたのは想定外でしたが、おかげで少し余裕ができました。ここであなたを最後まで抱かずにすみます」

「……ここでしていいのに」

というか、美春としては前でイかせてもらっても中がまだうずうずしている。崇将が与えてくれるもっと強烈で深い悦楽を知っているせいだ。

ちゅ、と唇にキスを落とした崇将が笑みを含んだ声で囁いた。

「素で誘惑してくれる美春さんにそそられますが、今度にします。今夜は心置きなく堪能したいので、ベッドに行きましょう」

誘惑したつもりはなかっただけに恥ずかしくなったけれど、上機嫌な恋人の誘いには頷きしか返せない。ふかふかのバスタオルでくるまれ、腰にタオルを巻いただけの崇将に抱かれて彼のベッドへと移動した。

美春をそっと下ろした崇将が覆いかぶさってきて、体と唇が重なる。自然に口を開いて受け入れた美春は、自分からも舌を差し出し、積極的に応えながら恋人を抱きしめた。バスタオルが開いて、明かりを落としていない部屋で生まれたままの姿があらわになるけれど、もう不安はない。

キスに酔わされながら無意識に広い背中に両手を這《は》わせる。美春のことはちゃんと拭いてくれたのに、自分のことはかまわなかった彼の肌はしっとり濡れていて、なめらかな弾力が気持ちいい。もっとさわりたくなって両手を肩から腕、硬い胸にもすべらせ、愛撫の自覚もなく美春は恋人を手で味わう。

崇将は崇将で、美春の素肌を手のひらで舐めるようにエロティックにたどってゆく。重なりあった腰はお互いに熱く滾《たぎ》り、どちらともなく揺れてリズムを刻んで快感を与えあった。

びくっ、と美春の体が跳ねて高い声が飛び出したのは、崇将の手が感じやすくとがりきった胸の突起を捕らえたからだ。

「あっ、あん、だめっ、そこ……っ」

「だんだんわかってきました」

「なに、が……っん、んっ」

「美春さんの『だめ』のニュアンスです」

くりくりと弾力のあるそこを両手の親指でころがし、押しつぶして楽しみながら崇将が唇を移動させてゆく。しなやかに反《そ》った白い喉から鎖骨、弄られてピンク色を濃くした平らな胸を彩る小さな突起へと。

熱い息がかかるだけで、期待するようにそこがきゅんきゅんと凝って鼓動が速くなった。

無意識に見つめていたら、目を上げた彼と視線がぶつかる。

「甘い声の『だめ』は、気持ちよすぎて駄目、なんですよね」

笑みを含んだ声で囁くなり、とがりきったそこに吸いつかれて快楽を得ているのを知らしめる声が口から飛び出した。反対側の胸を弄る手も遠慮がなくて、密着した全身のあちこちではじける快感と両胸の甘い電流が一体となり、増幅する。

「や……っだ、たかまさっ、このままじゃ……っ」

「胸でイく？」

恥ずかしいけれど、本気で切羽詰まっている美春はこくこくと頷く。

はあ、と熱い息をついた崇将が少し身を起こし、唇を舐めてどこか淫靡《いんび》に笑った。

「その姿も見たいですけど、俺がやりたいことをぜんぶやったら美春さんが保《も》たないと思うんで、先にここ、舐めさせてください」

ここ、と言ったときに彼がさわったのは、双丘の狭間——バスルームでほころばされたものの、すでにつつましく口を閉じている小さな蕾だ。

「な、な、舐め……って、本気……!?」

「本気です。ずっとしてみたかったんで」

「う、うそ……」

「嘘なんかつきません。美春さん、全身敏感ですけどここは特に快《よ》さそうですよね」

さらっとした口調で、真顔で、デリカシーのないことを言う恋人は本当にどうしたらいいのか。事実だけにいたたまれない。

真っ赤になって返事をできずにいるうちに、そこの感度のよさを知らしめるようにゆるゆると撫でられて息が乱れる。

「ね、ここ、好きでしょう……？」

「……崇将の、ばか……っ」

とっさに出た悪態に彼の手が止まった。珍しく表情に動揺が表れている。

「すみません、何か気に障《さわ》りましたか」

「……そんなとこ、好きって平気で言えると思う？」

すねた口調に崇将は怪訝そうに首をかしげた。

「言えないですか？　恋人に性感帯を教えるのはべつに恥ずかしいことではないと思いますが……」

「恥ずかしいよ！　お、お尻って、普通使わないし……」

「普通なんてどうでもよくないですか。俺にとって美春さんのお尻は誘惑に満ちた美しい体の一部ですし、あなたがここで気持ちよくなれるなら俺にできることはなんでもして愛してあげたいです」

気負いのない、それでいて真摯な口調で言われた内容に数回目を瞬いたあと、ふっと体の力が抜けた。

「……崇将って、ほんとマイペースだよね」

「すみません」

「ううん。そういうとこ、大好き」

心からの言葉を告げると、少し見開かれた目がやわらかく細められた。

「俺も、美春さんが大好きです」

「……俺のほうがもっと好きって言ったら？」

「負けません。俺のほうがあなたを愛してます」

間髪を容《い》れずに返される愛の言葉がうれしくて、くすぐったくて、美春は笑う。数時間前までは夢にもみたことがなかったのに。

でもそれは、美春が無意識にもっていた思い込み——偏見のせいだ。

世間一般的な「普通」を彼に当てはめて、彼が出してくれている愛情のシグナルをずっとキャッチしそこねていた。思い返してみたら、すごくわかりやすいものもあったのに。

「普通」でいたいと願って、叶《かな》わなくて、「普通じゃない」ことを受け入れて、いまは利用さえしていると思っていた。

それでもやっぱり美春の心は「普通」に囚《とら》われていて、自分で自分を窮屈《きゅうくつ》にしていた。本質を見て、大事なことを間違えない崇将のほうがよほど自由で、「普通じゃない」ことを自然体で受け入れている。

彼にとってこの体のどこも魅力的に映り、愛する対象になれるのなら、美春にできるのは差し出すことだけだ。

「……ほんとに、したい？」

「え」

「その……、舐めるのとか、やじゃない？　汚いし……」

「美春さんの体に汚いところなんてないです」

真顔で遮られた。

「ていうか、中までちゃんと洗ったじゃないですか」

「そ、だけど……、やっぱりなんか、申し訳ないし……」

「大丈夫です。むしろ、誰も見たりさわったりできない美春さんの秘密の場所を自分だけが許されるなら、最高です」

きっぱり言い切られたら、恥ずかしい行為を受け入れる勇気をもてた。

崇将の指示に従ってあぐらで座った彼のほうに背中を向けて座り、上半身を伏せる代わりに腰を上げる。自分でさえ見たことがない場所をさらす羞恥に全身が染まり、膝が震えたけれど、ぎゅっと目を閉じてやり遂げた。

「……これでいい？」

「はい」

よくできました、と言いたげに大きな手が白くまろやかなお尻を撫でる。感度が上がっているせいか、それだけでも気持ちよくて膝が崩れそうになった美春の腰を摑まえて、崇将が感嘆のため息をついた。

「ここも綺麗なピンク色で、恥ずかしそうにひくひくしてるのが可愛いです。……こんなに小さなとこで俺のを受け入れてくれるなんて、美春さんはすごいな……」

感謝するように口づけられてびくんと体が跳ねる。とっさに逃げそうになったのに、がっちり腰を摑まえられていて叶わない。

恥ずかしい。けど、崇将の好きなようにさせてあげたい。

うっかり「だめ」や「いや」を言ってしまわないようにきゅっと唇を嚙んだものの、崇将がそこで舌を使い始めるとぞわぞわと腰から広がる快感にあっけなくほどけた。出てきたのはとけきった嬌声だ。

「……ん、よかった。美春さん、すごく気持ちよさそう……」

満足げに呟いた彼が、ほころびかけた蕾にぬぷりと深く舌を入れてくる。

ぬるついた温かな感触は艶めかしい生き物のようで、指とも崇将の熱とも違う。慣れなくて動揺するのに、なめらかに動き回られるとそれを凌駕《りょうが》する快感に溺れさせられてしまう。

ただでさえ気持ちいいのに、崇将は勃きちった美春の中心にまで指を絡めてきた。

「やぁあんっ、だめ、どっちもは、ほんとに……っ」

切羽詰まって止めるのに、崇将はかまうことなく淫らな水音をたてて美春を味わい、濡れそぼった果実から蜜を絞ろうとする。

「やぁあっ、やだっ、イかせないで……っ、たかまさも、いっしょがいい……っ」

絶頂感を必死でこらえて泣き声で訴えたら、ようやく愛撫の手が止まり、ずるりと舌が引き抜かれた。肩で息をして震えている美春を抱き起こして胸にもたれさせた崇将が、泣き濡れた目許にキスを落とす。

「一緒がいいですか？」

「ん……、ひとりでイくの、やだ……」

すねて甘えるような声が出てしまったら、めまいを覚えたかのように彼が目を閉じた。

「……可愛いがすぎる……」

低すぎる呟きはうなり声にしか聞こえなくて戸惑うものの、目を開けた崇将が熱のこもった瞳でじっと見つめて、ド直球を投げてきた。

「挿《い》れたいです」

「う、うん、挿れてほしい……です……」

真っ赤になりながらも正直に返すと、彼がベッドサイドに長い腕を伸ばした。はっとして美春はその腕を抱いて止める。

「美春さん……？」

「……それ、しないでって言ったら、やだ？」

少し緊張しながらも思いきってねだる。これまで崇将は絶対にコンドームを使ってきた。場所が場所だけに直接は嫌かもしれないという不安はあるものの、さっきは口で愛撫してくれたし、してほしいことは伝えあおうと約束したばかりだ。

ふ、と目を細めた崇将が腕を捕まえている美春を抱き直し、きっぱり言った。

「嫌なわけないです。ただ、終わってすぐにあなたをひとりにするのも、ひとりにされるのも嫌なんで、条件はいつもどおりですよ」

「……？」

「俺に後始末させてください」

「や、そ、それは大丈夫……っ、自分でするし……」

「無理だと思いますよ」

「え」

「今夜は俺、自分をセーブする気がないんで」

「！」

これまでは完璧にコントロールしていた欲を、本気でぶつけてくるつもりということだ。自分がものすごく恥ずかしい姿をさらしてしまいそうで少し心配だけれど、それ以上にうれしくてドキドキした。

いつも使っているジェル付きのコンドームを使わない代わりに、ローションはたっぷり使った。美春の中だけじゃなく、彼自身にも。

「……美春さん、自分でここ、座れる？」

ローションで濡れて淫らな迫力を増している剛直を示されて、こくりと唾を飲んで美春は頷く。

両腕を厚い肩に回して自分を支え、あぐらで座る彼の逞しい腰をまたぐようにして両脚を開いたら、中に含まされた液体がこぷりとあふれて内腿を伝った。粗相をしてしまったような羞恥を覚えるけれど、これからする行為のほうが恥ずかしさは大きい。

でも、したい。望まれる幸せ、望んでいい喜びを、全身で味わいたい。

「ん……」

すっかりほとびた蕾に灼けるような熱の切っ先が触れ、何にも遮られない生々しさに期待と興奮の甘い吐息が漏れる。

このまま腰を落とせばうまくいくはずだったのに、どちらもたっぷり濡れてすべりがよくなっているせいか、弾力のある熱の先で敏感な蕾をぬるぬるとこすられるばかりになった。

「あ、あっ、やだ……っ、崇将、逃げないで……っ」

「逃げてないですよ。……ほら、こうして支えてますから、のみこんで……？」

自身を握って固定してくれた彼が、美春の細い腰を摑んで位置をサポートする。

「う、ん……っ、あぁっ、あぁあっ、ま……っ、んんー……ッ」

小さな蕾を圧し拡《ひろ》げ、熟れきった粘膜を強く摩擦しながら押し入ってくるダイレクトな熱があまりにも気持ちよくて目の前で星が散った。膝に力が入らないせいで一気に奥まで貫かれて、止める間もなく絶頂に見舞われる。

気づいたら、断続的に震える体を崇将に抱きしめられていた。乱れた息をこぼしながらちらりと下に目をやったら、崇将の引き締まった胸や腹筋は美春の噴いた蜜で濡れていた。かあっと全身が熱くなる。

「ご、ごめ……っ、俺、先に……」

「可愛かったです」

ちゅ、とこめかみにキスを落とした崇将は上機嫌だ。

「俺のを挿れただけでイってくれるとか、美春さん最高すぎます。イキ顔も綺麗で色っぽくて、つられるところでした」

今夜は明るい部屋で正面から抱き合っているから、ここぞとばかりに彼はガン見していたのだろう。恥ずかしいけれど、気に入ってくれたのならもういい。

崇将は達したばかりの美春が落ち着くまで待っていてくれるつもりのようだった。が、そのわりに煽るような悪戯《いたずら》をする。

彼のものを深く埋めこまれているお尻を両手で揉みながら、脈打つ首筋を唇や歯で愛撫してくるのだ。しかも、ときどき膝に乗せた美春を軽く突き上げるようにする。

あちこちで快感がはじけているのに、落ち着けるわけがない。

「崇将……っ、うごかないで……っ」

「無茶言いますね……。美春さんの中がめちゃくちゃ気持ちよくて、これでもすげえ我慢してるのに」

悪戯じゃなくてガチだった。

視界を滲《にじ》ませる快楽の涙をまばたきで払って恋人の顔を見たら、凜々しい眉は快感をこらえるように寄せられていて、額や首筋に玉の汗が浮かんでいる。好きにする、と言いながら、本能のままに突きまくりたいのを懸命に自制してくれているのだ。

胸に言いようのない愛情と喜びが満ちて、あふれた。

自分から形のよい唇に美春は口づけて、囁く。

「愛してるよ、崇将……。いっぱい、うごいて……？」

ぎらりと瞳に欲望の光を横切らせた崇将が、深く繋がったままの美春の体をベッドに押し倒した。「んっ」と息を呑んだ体を即ゆさぶられるかと思ったのに、組み伏せた状態から彼は動かない。

「……やっぱり、まだきついんじゃないですか」

熱く、荒い息の合間に出てくるのはどこまでも美春を気遣う言葉。それが幸せで、愛おしくて、彼のためならなんでもしてあげたくなる。

「だいじょうぶ……、崇将ので、イかせて」

首に腕を絡めて引き寄せ、自分から口づけた。逞しく大きな体が衝動をこらえるようにこわばる。

崇将は本当に理性が強い。でも、いまはそれを壊してあげたかった。遠慮なく、好きなように愛してほしい。

美春は理性を舐めとかしたくて恋人の口内に舌を差し入れ、精いっぱい愛撫する。うなるような低い音が彼の喉から漏れたと思ったら、がっぷりと嚙みつくようなキスが返ってきた。

「んんんぅ……っ、んっふ、んっ……っ」

逆に口内に押し入ってきた舌に舌を搦め捕られ、激しい口づけに溺れそうになりながらも懸命に応える。抑えきれずに腰が揺れてしまうと、繫がっているところから強烈な快感が生まれてもっと欲しくなった。

無意識ながらも美春は欲求を伝えるように広い背中に回した手で爪を立てる。と、それが最後の一撃になった。崇将の理性の糸が切れる。

抽送は最初から激しかった。がつがつと腰を打ち付けるように突き上げられ、脳天まで響くような悦楽に目の前がハレーションを起こす。気持ちよすぎてぼろぼろと涙がこぼれ、背がしなって離れた唇からは悲鳴まがいの嬌声が飛び出した。

崇将は無言だ。汗を滴らせながらひたすら美春に没頭して、身も世もなく乱れる姿を凝視しながら容赦なく腰を使う。

強い視線、乱れた息、眉根を寄せた色っぽい表情、逞しく引き締まった大きな体。これまでと違う、明るい部屋ゆえに見えるすべてにも煽られて、快感がいっそう増した。

突き上げる速度が上がり、体の奥から覚えのある感覚がせり上がってくる。さっき出したばかりの果実はまだ蜜を出せないのに、否応のない限界を迎えた。

「〜〜〜ッ」

声も出せずに迎えた絶頂に放出は伴わない。中だけでイくのは初めてじゃなかったけれど、時間をかけて高められていたせいか今回は強烈だった。

びくびくと震えながら達している間も中を穿つ崇将の動きは止まらない。おかげで絶頂から全然降りてこられなくて、イきっぱなしになってしまう。

「あぁあんっ、ひん、どうしよ……っ、イくの、とまんな……っ」

「ごめん美春さん、俺もとめらんない……っ」

ぐちゃぐちゃに泣きあえぎながら大きな体にしがみつくと、荒い息の合間に崇将も苦しげに答える。

余裕のないかすれ声、表情、動きのすべてに煽られて、本能のままに美春は答えた。

「い……っから、とめないで……っ、たかまさも、俺でいっぱい、よくなって……っ」

たまらないように口づけられて、上も下も崇将に満たされる。どこまでがお互いの体かわからないくらいにひとつになって、快感を与えあい、溺れる。

熟れきった粘膜を蹂躙《じゅうりん》しているものがさらに質量を増し、穿ち方が激しくなった。キスをほどいた崇将が荒れた声で告げる。

「出します……っ」

「んっ……」

ちょうだい、までは舌が痺れていて言えなかったけれど、願いは叶った。ひときわ深く、強く突き上げた崇将が大きな体をこわばらせて、最奥にたっぷりとした熱を撃ちこむ。過敏になっている粘膜にはそれさえも気持ちよくて、また絶頂の波に襲われた。

目の前が真っ白に染まって、そのまま意識を手放してしまいそうになったものの、首筋に痛みを伴った快感を与えられて引き戻される。

「たか、まさ……？」

「まだですよ、美春さん」

涙でぼやぼやになったヘイゼルグリーンの瞳が捕らえたのは、とけてしまいそうな熱を放つ瞳。

美春の首筋につけた歯形を舐めた彼が、達したあとも十分な質量を誇るもので痙攣してうねっている内壁をゆっくりと愛撫するように動かす。

中で再び最強の硬度とサイズに育ってゆくものが与えてくる快感だけでもたまらないのに、吐精したことで余裕を取り戻した崇将の両手は胸や美春の果実まで弄り出した。

「ひぃんっ、あっ、あん……っ」

あられもない声をあげて身悶《みもだ》える美春にうっとりと目を細めて、熱くなった耳に低く囁く。

「俺が満足するまで、今夜は付き合ってください」

「……ん」

まともな言葉も紡げなくなっていたけれど、美春はとろけるような笑みを見せて恋人の広い背中を抱きしめた。

【6】


満ち足りた気持ちで目を覚ました崇将は、腕の中でぐっすり眠っている恋人に目をやって唇をほころばせた。

(今日も美春さんは世界一可愛くて綺麗だな)

毎朝本気でそう思うし、しばらく見とれる。

見るの語源は「目射る」、すなわち目で射るという説があるらしいが、繊細な恋人は視線にも敏感で、眠りが浅いとガン見の気配で起きてしまう。

睡眠の邪魔をする気はなかったのに、かすかに長いまつげが震えて、夢のように美しいヘイゼルグリーンの瞳が現れた。

「……おはよ、崇将」

「おはようございます」

崇将を見るなりとろりと幸せそうに笑んで、ゆうべの名残《なごり》で甘くかすれた声で挨拶してくれる美春は何度見ても愛おしくてならない。

誤解が解けてからそろそろ一カ月たつけれど、これ以上はないと思っていた美春の可愛さと愛しさは増す一方だ。

胸からあふれる感情を抑えきれずにふっくらとした唇に軽く口づけると、くすぐったそうに笑って「起きたくなくなるからダメ……」なんて可愛いことを言って深いキスにならないように逃げる。それでいて自分からもちゅっと返してくれたりするのだから、もう本当にどうしてやろうかという気分になってしまう。

「美春さん、毎朝愛しさ更新しててヤバいです」

思わず漏れた呟きに、きょとんと目を瞬く姿も可愛い。もう一度軽いキスを落としてから崇将は身を起こし、寝乱れたやわらかな亜麻色の髪をくしゃりと撫でた。

「ちゃんと恋人になれて、ようやくわかりました。かつての俺が知っていたのは美春さんの魅力の一部で、それでもすごい破壊力だったんですけど、全貌はとんでもないです。心臓がいくつあってももちません」

「な、なに言って……っ」

「恋人になれて幸せだっていう感想です」

ぱっと花の色に染まったなめらかな頰があまりにもおいしそうで、再び上体をかがめて軽くかじったら「ひゃぅっ」と恋人が可愛い声を上げた。もっと鳴かせたくなるけれど、ぺしぺしと裸の胸をたたいて止められる。

「た、崇将……っ、今日は俺、早番！」

「ああ……、そうでしたね」

遅番ならもう少しベッドで遊べるけれど、早番ならここまでだ。キスだけでイけてしまう感度抜群の恋人は、朝から崇将がちょっとさわっただけでも色気が割増しになる。

寝起きの恋人をもっと堪能したいのはやまやまだけれど、職場で美春が魔性のフェロモンを放って危険な目に遭うことがないように自制するのも恋人の役目だ。

以前は崇将ばかりが美春のシフトを気にしていたけれど、最近は美春が自ら申告してくれるようになった。その理由は。

「崇将、最近気がゆるんでるでしょ」

「そうですか？　どのへんが」

「俺が止めないと朝からえっちなことしようとしたりするじゃん……」

朝食の席で、ちょっと赤い顔で叱る美春も最高に可愛い。きらめく美貌で「えっち」という言い方をするのにもぐっとくる。

顔がゆるむのを抑えられないまま、崇将は認めた。

「美春さんが止めてくれるようになったので、シフトチェックが甘くなっている自覚はあります。あと、ちょっと焦って俺を止める美春さんを見たくてわざとやっていることもたまにあります」

「ええー……。そんな告白されても……」

「ということで、これからもよろしくお願いします」

「お願いするし……」

もう、とすねた顔になりながらも「仕方ないな」と受け入れた美春が、こらえきれなかったかのように噴き出した。

「崇将、最近なんでも言うよね」

「はい。もう誤解するのも、されるのも避けたいので。あ、それでですね……」

いったん席を立って、崇将は用意しておいたものを持ってくる。

朝食が並ぶテーブルの端に置いたのは、何の変哲もない大学ノートとボールペンだ。

「万が一の対策を用意しました」

「対策……？　これが？」

きょとんとする美春に頷いて、用途を説明する。

「最近はお互いになんでも言うようにしていますが、俺はともかく、美春さんは遠慮したり、恥ずかしがったりしてはっきり言えないことがあるんじゃないかと思ったんです。そんなことないですか？」

「……ない、ことも、ない、かも……」

きょろりと綺麗な瞳を泳がせた美春が、途切れがちながらもちゃんと認めてくれる。以前は「なんでもない」「大丈夫」で流されていたから、それだけでも進歩だ。

「もともと美春さんって自分の欲求を主張するタイプじゃないんで、俺に直接言うのはハードルが高いのかもって思ったんです。で、これの出番です。交換日記しましょう」

「こうかんにっき……？」

目を丸くした美春が、とっさに漢字変換できなかったトーンの発音でリピートした。

「日記だからって毎日書かなくてもいいです。言いたいことや、気になることがあったらこれに書いてください。どうでもいいことでも、なんでもいいです。俺も書きます。お互いに見るようにしておけば、すれ違う確率が低くなりますし、注意事項や予定のリマインドにもなりますよね」

「な、なる……ほど？」

納得しきれてはいないようだけれど、拒む気もないらしく美春はノートを手に取った。ぱらりと表紙をめくって、大きく目を見開く。

じわじわと染まる白皙《はくせき》の頬をうっとり眺めて、崇将は口許に笑みを刷《は》いた。

「先に書かせてもらいました」

「……こんなの、ずるい」

赤い顔で美春がこっちに向けたノートの一ページ目には、崇将の文字が並んでいる。

『美春さんへのお願い：デートしてください』

大学で出会い、飲み会の帰りにすれ違った認識のまま一緒に暮らし始めた美春と崇将は、思い返してみたらなんと一度もデートをしたことがなかった。

というか、崇将の中では一緒に買い物に行ったり食事に行ったりするだけでデートだったのだけれど、美春の中ではただの「友人同士の外出」として認識されていたことにやっと気づいたのだ。

だからこその「お願い」に恋人は照れて悶えている。可愛い。いますぐにでも抱きしめてキスしたいくらいだ。

テーブルにころがっているボールペンに気づいた美春が、それを摑んでさっそくノートに何か書き始めた。

書き終わったらわざわざ閉じて、「ん」と崇将に返してくる。

開いて、自分の文字よりも小さい、繊細に整った文字を見た崇将の唇がやわらかくほころんだ。

『返事：よろしくお願いします』

『崇将へのお願い：デート服はシミラーにしたいです』

シミラーはファッション用語と思われるが、おそらく英語のsimilar《相似の》と同じだろう。とりあえずは了承、改めて恋人同士として積み重ねてゆく経験の同意を得た。

これからどんな日記を交換していけるか、楽しみだ。

おそろい初恋メモリー

初デート当日は、崇将《たかまさ》の心の中を映すように快晴だった。

「シミラーって、もっと類似性が高い服になるんだと思ってました」

恋人が選んでくれた服を身に着けた崇将が首をかしげると、「なってるよ」と美春《みはる》が悪戯《いたずら》っぽく笑う。

「カラーを変えて小物で遊んだから、ぱっと見でわかんないだけ。じつはけっこうがっつり合わせてる」

そう言われて改めて彼と自分の服を確認したら、たしかに色や柄のサイズが違うことで全然違う印象になっていた。なんという高難度コーディネート。

「美春さん、天才ですね」

「ふふ、もっと言っていいよ」

「ファッションの申し子、世界一美人で可愛《かわい》い俺の恋人、今日の服もめちゃくちゃ似合っていて俺と同じ服とは思えないくらい格好よくて色っぽくて最高です」

本気で感心している崇将が思いつくままに声にしたら、色白の頬がふわりと甘く染まった。

「もー、崇将、俺のこと褒めすぎなんだけど」

「これまでは脳内に留《とど》めておいた気持ちを出すようにしただけです」

照れている恋人の可愛さに思わず顔がゆるゆるになってしまう。表情に出ているのは微笑《ほほえ》み程度だけれど、これでも美春に心の声を言葉にして伝えるようになって以来、表情筋が柔軟になったと言われている。

交換日記で希望を出しあい、楽しく相談して決めた行き先は海辺のショッピングモールになった。

レンタカーを借りてドライブついでに少し遠出してきたこの広大なモールには、多種多様なショップ以外にも小さな植物園、ガラス工芸館、観覧車まで備わっていて一日中楽しめると評判だ。ちなみに崇将は体によくておいしいと評判の薬膳料理店、専門書も充実している大型書店、老舗《しにせ》漢方薬局の支店の存在に興味を引かれたのだけれど、美春はディスプレイやコーディネートの参考にできるからウインドウショッピング自体が好きらしい。

クリスマス仕様のディスプレイはキラキラと華やかで工夫が凝らしてあり、崇将が見ても興味深い。のんびり歩きながら見て回っていたら、ふと休憩用のベンチが目に留《と》まった。

「そういえば、子どものころにこのショッピングモールで美春さんと会いましたよね」

「………え」

何の気なしに言っただけなのに、美しいヘイゼルグリーンの瞳を大きく見開いた美春が固まった。

「覚えてないですか？　子どものころ、あなたがひとりでベンチに座っていて……」

「ちょっ、ちょっと待って崇将！　え、え……？　あれってやっぱり……？」

動揺した様子を怪訝《けげん》に思いながらも、崇将だったの？　という言外の問いに頷《うなず》く。

「俺です」

「で、でも、宮城県出身って……」

「もともとはこっちです」

「うぇえ？」

美春がおもしろい声をあげたけれど、それもまた美貌とのギャップがめちゃくちゃ可愛い。どんなときも、何をしても魅力的だなんてすごいなと内心で感動しつつ、崇将は問われるがままに事情を説明した。

幼少期の美春ことミーシャをこのショッピングモールで見つけたとき、幼い崇将は一瞬で目と心を奪われた。なぜか「この子は自分のものだ」という確信があって、ひとりぼっちのミーシャを守りたくて隣に座ったのだけれど、すぐに保護者が現れてあまり話すことができなかった。折しも偶然通りかかった両親に自分も呼ばれてしまい、離れがたい思いを抱えながらも崇将は盛り上がっているミーシャファミリーの邪魔をしないように黙って去った。

あの子は自分のものだから、きっとまた会える。

そう信じていたのに、親の仕事の都合で崇将は宮城に引っ越すことになってしまった。

成長するうちに記憶は薄れ、ミーシャと会ったこともいつしか遠い思い出になっていた。

ファッションにまったく興味がなかったせいで崇将はカリスマ読モ「ミーシャ」の存在も知らないままだった。

しかし、大学進学を機に戻ってきた崇将は運命的な再会を果たす。

他大学との交流試合の最中、幼少期と同じくひとりの人物に一瞬で目と心を奪われた。眼鏡をかけてなかった崇将の目にはぼやけたシルエットしか映らなかったのに、どうしてだか、相手が幼少期に見つけたミーシャだと本能的に確信した。眼鏡をかけて見ても、きらめく美貌、瞳や髪の色で確信が深まっただけだった。

かつては「おにいちゃん」と呼ばれたから年上だったのは少し意外だったものの、子どものころから体が大きくて落ち着き払っていた崇将は実年齢より上に見られがちだった。間違われていたとしても特に不思議はないし、彼が年上だからといって何も問題はない。

「ということで、最初から俺は美春さんがあの子だって知ってました」

締めくくると、美春はなぜか呆然《ぼうぜん》とした顔をしていた。

「な……、なんでいままで黙ってたの？　俺、あのときの男の子が崇将だったらいいのにってずっと思ってたんだけど」

「そうなんですか？　でも聞かれませんでしたし、いまの俺たちにとって関係ないので、言う必要を感じませんでした」

正直に答えると、名状しがたい表情になった彼が徐々に破顔していった。

「……崇将って、ほんと崇将だよね。いまを大事にして過去にこだわらないとこも好きだけど、俺はあの子が崇将でよかったよ。……初恋だもん」

はにかんだ笑顔での告白に、心臓が衝撃を受けた。そして気づく。

「俺もあなたが初恋で、一生の恋です」

真顔で告げると、照れくさそうに美春が笑う。

「おそろいだね」

「はい。運命ってあるんですね」

言い方も表情も可愛すぎてたまらないなあと感動しながら瞳を見つめて返したら、ふわりと彼の頬が染まった。綺麗《きれい》で可愛くて、おいしそうだ。

「……研究者なのに、崇将って意外とロマンティストなとこあるよね」

「研究者はロマンティストですよ？　あと、すごく一途《いちず》です。『これだ』と思った対象は、一生、ずっと大事にします」

誓う口調で答えたら、ちゃんと真意が伝わったようだ。ちらりと目を上げた彼が、染まったままの頬でささやくように返す。

「俺は研究者じゃないけど、そこもおそろいみたい」

あまりにも愛おしくて、あまりにも可愛い。触れずにいられなくなって手をつないだら、指を絡めてつなぎ返してくれた美春が天上の花がほころぶような笑みを見せた。

いま、幸せすぎるのもきっとおそろいだ。

あとがき

こんにちは。または初めまして。間之あまのでございます。

このたびは拙著『こじらせ相愛トラップ』をお手に取ってくださり、ありがとうございます。こちらは通算二十八冊目のご本となっております。

今作は既刊『幼なじみ甘やかしロジック』に登場していた美貌のショップ店長が主人公です。が、いつものように完全に独立しているので既刊を未読でも全然問題なく読んでいただけます。初めましての方もご安心くださいね（ニコリ）。

私事ですが、調子を崩して一時期まったく文章が書けなくなっていたので、この子たちをこうしてお届けできること自体が本当にうれしいです。スケジュールを全面的に組み直して待っていてくださった担当F様と花小蒔朔衣先生に大感謝です！

ちなみに崇将くんは、じつは『嘘つき溺愛ダーリン』のときに花小蒔先生からいただいた複数のキャララフの中のひとりにインスパイアされて爆誕しました。いつか書けたらいいなと思っていたので実現できてうれしいです♪　また、美春くんと崇将くんの希望によりおふとんタイムが拙作内最長になってしまったのですが、担当F様のように「やったー！」と喜んでいただけると終わらなさに震えながらも逃げずに頑張った甲斐があります。

溺愛なのに朴念仁なド理系院生と、そんな彼を好きすぎて振り回される（一方で振り回す）

キラキラ店長の恋物語、お好みの合う方に楽しんでいただけたらうれしいです。合わない方はお互いの幸せのためにもどうか第六感等で避けてくださいますように（祈）。

イラストは、今回も幸せなことに花小蒔朔衣先生に描いていただけました♪

毎回言ってしまいますが、もう本当にどのキャラクターもどのシーンもイメージぴったりに、背景や小物に至るまで素敵に描いてくださるのでご一緒できると安心&幸せです。

美春くんが素晴らしく美人格好いいうえに可愛くてお洒落……！　もはや崇将くんの語彙になるしかない魅惑のミーシャです！　崇将くんも堅物感と剣士らしさまで完璧な凛々しい美男！　キリッとした真顔が内心とのギャップを際立たせて最高です♪

今回も贅沢なラフを含め（おまけ最高に楽しくて幸せすぎました♪　ぐう！）、すみずみまで丁寧で魅力的な素晴らしいイラストを本当にありがとうございました。カラーも表紙は美麗かつお洒落、口絵はおいしそうで楽しくて、ずっと見ていたくなります。

ほがらかで頼りになる担当のF様をはじめ、今回も多くの方々のご協力と、たくさんの幸運のおかげでこのお話をこういう形でお届けすることができました。ありがたいことです。

読んでくださった方が、明るくて幸せな気分になったらいいなあと思っております。楽しんでいただけますように。

梅の季節に　　　　　　　　　　　　　　　　　　間之あまの

✦初出　こじらせ相愛トラップ……………………書き下ろし
おそろい初恋メモリー……………………書き下ろし

間之あまの先生、花小蒔朔衣先生へのお便り、本作品に関するご意見、ご感想などは
〒151-0051 東京都渋谷区千駄ヶ谷 4-9-7
幻冬舎コミックス　ルチル文庫「こじらせ相愛トラップ」係まで。

幻冬舎ルチル文庫
こじらせ相愛トラップ

2022年2月20日　　第1刷発行

✦著者　間之 あまの　まの あまの

✦発行人　石原正康

✦発行元　株式会社 幻冬舎コミックス
〒151-0051 東京都渋谷区千駄ヶ谷 4-9-7
電話 03(5411)6431 [編集]

✦発売元　株式会社 幻冬舎
〒151-0051 東京都渋谷区千駄ヶ谷 4-9-7
電話 03(5411)6222 [営業]
振替 00120-8-767643

✦印刷・製本所　中央精版印刷株式会社

✦検印廃止

ISBN978-4-344-85002-6　C0193　Printed in Japan